Bir başka kentte ölümü beklemek...

Fıstık Ahmet (Tanrıverdi)

Yayınlayan:

Adalı Yayınları
Tel: 0216 382 52 80
Fax: 0216 382 52 90
www.adalar-istanbul.org

Bir başka kentte ölümü beklemek...

Birinci baskı: Temmuz 2009

Kapak
İlhan Bilge

Fotoğraflar:
Uğraş Salman (Mart 2007)
Akilas Milas arşivi
Diyamandi İlyadi arşivi
Atina Ayios Yeorgios Derneği arşivi
Atina Ayios Nikola Derneği Arşivi
Yaşar Özürküt

Baskı
Seçil Ofset
0212 629 06 15

ISBN
978-975-9119-15-7

Bir başka kentte ölümü beklemek...

Fıstık Ahmet (Tanrıverdi)

ADALI YAYINLARI

Fıstık Ahmet (Tanrıverdi)

Istanbul, Büyükada, 1944 doğumlu.
İktisadi ve Ticari İlimler Akademisi'nde işletme okudu.
İş yaşamına matbaacılık ve reklamcılıkla başladı.
33 yıldır meyhaneci.
Evli ve bir kız çocuğu var.

Diğer kitapları:
Atina'daki Büyükada
Adalı (Haziran 2007)

Büyükada'nın Solmayan Fotoğrafları
Everest (Ağustos 2006)

Hoşçakal Prinkipo
Literatür (Eylül 2004)

Zaman Satan Dükkân
Literatür (Mayıs 2003)

Barba'nın Mezeleri
Alfa (Temmuz 2008)

Ay' Yorgi Rehberi
Adalı (Haziran 2005)

Adalar İlçemizi tanıyalım
Adalı (Kasım 2007)

Bir başka kentte ölümü beklemek...

Başka diyarlara,
Başka denizlere
Giderim dedin.
Bundan daha iyi bir kent vardır
Bir yerde nasıl olsa,
Sanki bir hükümle yazgılanmış her çabam;
Ve yüreğin
Sanki bir ceset gibi
Gömülmüş oraya.
Daha ne kadar çürüyüp yıkılacak
Böyle aklın?
Nereye çevirsem gözlerimi,
Nereye baksam burada
Gördüğüm kara yıkıntılarıdır
Hayatımın yalnızca
Yıllar yılı yıktığım
Ve heder ettiğim
Hayatımın.
Yeni ülkeler bulamayacaksın,
Bulamayacaksın yeni denizler,
Hep peşinde,
İzleyecek durmadan seni kent,
Dolaşacaksın aynı sokaklarda.
Ve burada,
Bu aynı evde ağaracak,
Aklaşacak saçların.
Hep aynı kente varacaksın,
Bir başka kent bekleme sakın,
Ne bir gemi var,
Ne de bir yol sana.
Nasıl heder ettiysen hayatını bu köşecikte,
Yıktın onu,
İşte yok ettin onu,
Tüm yeryüzünde.....

1863 yılında Mısır'ın İskenderiye kentinde doğan, silik bir memuriyet hayatı yaşarken Istanbul da dâhil birçok kenti dolaşan ve 1933'te, yetmiş yaşında, doğduğu kentte vefat eden Yunan şiirinin en özgün ve en gizemli Rum şairi Konstantinos Kavafis'in 1910'da yazdığı ünlü "Kent" şiirini, Atina'da yaşayan Büyükadalı Rum dostlarım acaba biliyor mu?

Kitabıma, Büyükada'yı "kendi arzularıyla terkeden" Rum dostlarımın anlattıklarından oluşan bir sözlü tarih diyebilirsiniz. Atalarından bu yana asırlardır Büyükadalı olmalarına karşın, Yunan tabiiyetindeki kimi akrabaları ve dostlarını 1964'te kovan devlet, onları kovmadı. Türkiye Cumhuriyeti yurttaşı Büyükadalı kimi dostlarımız, Büyükada'yı kendi rızalarıyla terkettiler. Şimdi geri dönseler, eskiden yaşadıkları güzellikleri bulamayacaklarını biliyorlar. Zaman akıp giderken, bulundukları yerde yani Atina'da yaşamlarına devam ederken, neleri kaybettiklerini ve neyi kazanAMAdıklarını görüyor olmaları üzüntüleri oldu. Onlar bizim arkadaşımız, onlar bizim dostumuz, onlar bizim hemşerimiz… Ve onların bir bölümü mutsuz...

Konuştuğum bu Büyükadalıların, anayurtlarını yani Büyükada'yı çeşitli nedenlerle bırakıp gitmelerinden dolayı üzüntülerini ve pişmanlıklarını bana anlatırken, kuru gözyaşlarının kalplerini kanattığını hissettim. Keşke gitmeselerdi, keşke siyasî nedenlerle gitmeye mecbur olanlara uymasalardı, keşke doğdukları büyüdükleri, ekmeklerini kazandıkları, aile mezarlarının bulunduğu Büyükada'da yaşasalardı, yaşayabilselerdi. Keşke...

Keşke bir hayal uğruna, avuçlarının içindeki o hazineyi, yani doğdukları Büyükada'da yaşama mutluluğunu kaybetmeselerdi. Kendi düşleriyle seçtikleri gelecek, ne yazık ki onları pek de güldürmedi. Üzülerek gördüm ki alışamadıkları bir başka kentte ölümü beklemenin hüznünü yaşıyorlar şimdi.

Kitabımın içindeki isimsiz Büyükadalılar;
Yaralı da olsanız iyi ki konuştunuz.
İyi ki konuştunuz çünkü;
Büyükada'nın yazılması gereken
Ve de çeşitli kaynaklarca yazılmakta olan
Sözlü tarihine uzaklardan ışık tuttunuz.
Öncelikle sizlere teşekkür ediyor
Ve kitabımı siz isimsizlere armağan ediyorum.

Değerli okurum,
İtalik harflerle yazılı olan kısımların
Benim yorumum olduğunu dikkate almanız ricasıyla,
İyi okumalar diliyorum.

Ahmet Tanrıverdi
01.Nisan.2008
Büyükada

İÇİNDEKİLER

1 - Ağabeyim için geldim

Çocukluğum öyle güzel geçti ki Ahmet! Şimdikiler çocukluğunu yaşayamıyor bana sorarsan. Ne sokakta top oynuyorlar bizim gibi, ne de saklambaç. Erik ve bademi ağaçtan koparmasını bile bilmiyorlar. Masa başında oturup bilgisayarla oynuyorlar ne yazık ki. Zorluk çekmiyorlar. Biz zor olanı başarırdık ve mutlu olurduk, değil mi Ahmet? Az mı erik çaldık komşunun bahçesinden! Ya sümbül ve lâle yürüttüğümüz Nizam'daki bahçeler? Şimdiki çocukların arkadaşlıkları bile sahte. Paran varsa arkadaşın var, paran yoksa yüzüne bakan yok. Çocukluğumuzda çok şeyimiz yoktu evimizde ama huzurumuz vardı. Hiçbir zaman unutamam kahvaltı veya yemek sofrasının başında toplandığımızdaki mutluluğumuzu. Annemin yaptığı reçeller, kırma yeşil zeytin, çörekler, börekler, turşular, likörler... Yemek öncesinde, Tanrı'ya verdiği nimetler için babamın önderliğinde dua ederdik her zaman. Babam bir de yemeğin sonunda Türkçe olarak;

- Çok şükür Allahım bugün de doyduk... derdi. Hey gidi günler, hey!

Aradan seneler geçti, hepimiz büyüdük. Önce ağabeyim, sonra da ben askere gittik. Tam üç yıl askerlik yaptım Ahmet. O zaman Bahriye'de askerlik üç yıldı. Askerden dönünce Beyoğlu'nda bir bonmarşede tezgâhtar olarak çalışmaya başladım. Büyükada'dan 05.30'daki ilk vapurla Istanbul'a gidiyordum, akşamları 21.45 vapuruyla adaya dönüyordum. Eve girmem gecenin onikisini buluyordu. Vapur yolculuğunun keyfini hiç unutamam. Arkadaşlarla sabah vapurda kahvaltı yapar, akşam dönüşte küçük bir çilingir sofrası kurar, sohbet ederek dönerdik adaya. Aradan seneler geçti; işyerimde önce reyon şefi, sonra mağaza müdürü oldum. Gelirim çok iyiydi. Bu arada evlendim. İki kızım oldu.

Ne 6/7 Eylül olaylarında ki o zaman çocuktum, ne de 1964 göçünde tedirgin olmadım. Devletime güveniyordum, Türk komşularıma ve arkadaşlarıma güveniyordum; en önemlisi kendime güveniyordum. Benim senden, Ali'den bir farkım yoktu ki. Büyükada'mda yani anavatanımda huzurumu öylesine yaşıyordum ki, hayaller kuruyordum geleceğimle ilgili. Kızlarımı evlendirecek, torunlarımla ihtiyarlığımın keyfini çıkaracaktım. Babamdan kalan evde oturuyordum. Kızlarımın geleceği için Cihangir'de iki kat almıştım. Kiraya veriyordum. Ne var ki 1964'ten itibaren Rum nüfusu göçlerle giderek azalıyordu. Karım ve kızlarım bu durumdan rahatsız olmaya başladılar. Karım, her gece işten dönüşümde, yatakta bana kızlarımın kiminle evleneceğini sorup zihnimi bulandırıyordu. Kızlarım Fener'deki okullarına giderken, adaya yeni gelen kimi Türkler'den flört teklifi aldıklarını söylüyorlarmış annelerine. Hanım da bana soruyordu:

- Ne olacak kızlarımın geleceği? Burada bir Türk'le mi evlenecekler? Ben onların kilise düğününü görmek istiyorum, ne diyorsun?

Bu arada Atina'dan hoş olmayan bir haber geldi. Senelerce önce oraya giden ve bir bakkal dükkânı açıp çalışan ağabeyim beyin kanaması geçirmiş, dükkânı çok iyi çalışırken sağlık nedeniyle kapanmıştı. Yengem benim Atina'ya gelip işin başına geçmemi istiyordu. Çocukları yoktu. Ağabeyimi çok seviyordum. Onun hastalığı, hanımımın kızlarımla ilgili kafamı karıştıran istekleri beni bunalttı; aile bağlarımın gücü beni göçe zorladı. Ve işimden tazminatımı alıp, üç emlakimi de satarak Atina'ya göç ettim.

Gel gör ki çok iyi çalışıyor dedikleri dükkân meğerse borca batmış. Ağabeyim kumarda herşeyini kaybetmiş. Yengemin beni, ağabeyime olan sevgimi ve saygımı kullanarak Atina'ya çağırdığını geç anladım. Borçlarını öderken birikimimi büyük ölçüde kaybettim. Ağabeyim fazla yaşamadı; iki yıl sonra öldü. Ben ise bakkal dükkânını kapatmaya mecbur kaldım. Zira bildiğim iş değildi. Yunanlı biriyle ortak küçük bir tuhafiyeci dükkânı açıp çalışmaya başladım. Kısa zamanda işlerimi büyüttüm. Ekonomik olarak rahatladım. Kızlarımı Yunanlı erkeklerle evlendirdim. Onlar mutlu oldular, karım da Atina'ya gelip yerleşmemizden ve kızlarımı kendi dinimizden erkeklerle kilisede evlendirmekten çok memnun oldu.

Yengeme ölene kadar baktım. Ama gel bir de bana sor neler çektim, buraya nasıl alışamadım; kimseye anlatamıyorum. Evimizde kalorifer var, karım her sabah soba yakmıyor, çok rahat. Bense adadaki sobamı, ondan çıkan odun kömürüyle mangalda kahve pişirmeyi özlüyorum. Akşamları adaya döndüğümde iskeleye çıkınca burnumdan girip bütün vücuduma yayılan iyot kokusunu özlüyorum. Bahçeme ektiğim ve soframı süsleyen sebzeleri, kümesimde beslediğim tavukların yumurtalarını, etini özlüyorum. Adadaki arkadaşlarımı özlüyorum. Düzenim bozuldu. Bu bozulan düzenim moralimi çok olumsuz etkiledi. Evde hanımıma belli etmiyorum ama içim yanıyor. Sana bir şey söyleyeyim mi Ahmet, bazı akşamlar dükkânımı kapatıp eve dönerken Faliro'da deniz kenarına gidip dakikalarca ağlıyorum. Ağabeyim için geldim buralara, fakat aklım adada kaldı. Şimdi düşünüyorum da, ağabeyimin yanlışlarını bilseydim yengemin kazığını yemezdim. Pişmanım geldiğime. Geldiğim tarihten beri Büyükada'ya gitmedim. Gidemem, dayanamam oradan ayrılığın bana verdiği üzüntüye. Tek arzum var ki aileme söyledim, sen de bil istiyorum:

- Ben buraya, Atina'ya ait değilim. Beni vatanıma, Büyükada'ma gömün. Ölünce Ay' Nikola'da annemin, babamın, amcalarımın, teyzelerimin, dedemin yanında huzur içinde yatayım. Ben biliyorum ki orada, Büyükada'mda cansız bedenimle ve Tanrı'nın huzurundaki ruhumla sonsuzluk içinde yaşayacağım. Huzura ancak orada varacağım Ahmet.

2- Anarşiden korktum

Ah vre Ahmet, çok korktum o anarşi zamanında Istanbul'da çalışmaktan. Biliyorsun, iş yerim Taksim'deydi. Her Allah'ın günü bir olay oluyordu. En çok "Kanlı Pazar" korkuttu beni. Gözümün önünde insanları vuruyorlardı. Otuzdan fazla ölen oldu; kimi kurşunlanarak, kimi ezilerek. Su deposunun üstünden silah atılıyordu. Pamuk Eczanesi'nin yanındaki Osmanlı Sokağı'na doğru kaçıyordu herkes. Ezilenleri gördüm gazetelerde; vahşetti. Korkudan rengim kaçtı. Günlerce düşündüm. Istanbul vahşi batıya dönmüştü. Vapurlar, insanlar kaçırılıyordu. Her gün, ölenlerin mi öldürülenlerin mi olduğunu düşünemediğim bir yığın insanın isimleri yayınlanıyordu gazetelerde. Her gün adadan işime korkuyla gidip, akşam adaya yine aynı korkuyla dönüyordum. Eve gelince ikonastasinin başına geçip Hristos ve Panaia'ya şükür duası ediyordum. Paranoyak olacağım diye korkuyordum. Adada hayat o kadar güzeldi ki, pazar günlerimi huzur içinde geçirirken, akşama doğru pazartesinin gelişinden korkuyordum. Büyükada'da yapacağım bir iş yoktu ki. Oto yedek parçacısıydım. Ben ne yapabilirdim bu durumda? Daha evlenmemiştim; nişanımı da anarşi yüzden bozmuştum. Kendime güvenim kalmamıştı. Ben, ben değildim artık.

Taksim'de aynı işi yapan komşum Mahmut Bey'le çok iyi dosttuk. Anarşi yüzünden Istanbul'u terkedeceğimi ilk ona söyledim. Beni gitmemem konusunda ikna etmeye çalıştı ama ben kafama koymuştum gitmeyi. Sinirlerim iyice bozulmuş, akşamcılığımı bütün güne yaymıştım. Artık işyerimde de içki içiyordum. Önceleri müşterileri yolcu ettikten sonra içerken sonraları onların yanında kimi zaman çay bardağındaki beyaz şarabı ıhlamur niyetine, kimi zaman da kanyağı çaya karıştırarak içiyordum. Ve giderek içki bağımlısı olmaktan korkuyordum. Dükkândaki çöpten her gün içki şişelerinin çıkması mahalle çöpçüsünün dikkatini çekmişti.

- Müsü... Çöpten her gün içki şişesi çıkıyor... İşler iyi galiba... diyordu.

Istanbul'dan gittiklerinden beri, Atina'daki arkadaşlarımla mektuplaşıyordum. Anarşiden bunalınca, oraya geleceğimi, orada yeni bir hayata başlamak istediğimi yazdım. Onlar da beni beklediklerini yazdılar. Bir kurban bayramı tatilinde Atina'ya gidip görüşmeler yaptım. Oradaki imkânları olumlu buldum ve Istanbul'a dönünce dükkânımı bir yıl içinde devrederek Atina'ya göçtüm.

Ahmetciğim Istanbul'dan anarşi yüzünden kaçtım ben. Güzelim Istanbul, doğup büyüdüğüm canım Büyükada artık gerilerde kaldı. Ha, memnun musun geldiğine dersen, dün için cevabım evetti ama bugün için sana samimiyetimle söyleyeyim ki pişmanım. O günün şartları beni çok olumsuz etkiledi.

Buraya gelince her şeyin söylendiği gibi olmadığını gördüm ve çok şaşırdım. Bir defa, adadaki dostluğun ve arkadaşlığın burada olmadığını görmek ilk şaşkınlığım oldu. Sudan çıkmış balık gibi çırpındım durdum. Gel diyen arkadaşlarımdan da yakınlık, dayanışma görmedim. Sanki onların yabancısıydım ben. İş kurmak için Yunanlı ortak buldum, dolandırıldım. Mevzuatı bilmiyordum, o ne derse peki deyip imza attım. Bir de baktım ki çırak çıkmışım. Dükkânımı elimden aldı o..... çocuğu.

Senelerce bir başka Yunanlı'nın oto yedek parça dükkânında tezgâhtar olarak çalıştım. Biraz para biriktirip araba aldım ve taksicilik yaptım. Istanbul'a dönmeyi yediremedim kendime. Evlendim, ayrıldım. Geçinemedim Yunanlı hanımla. Bana ters geldi onun kültürü. Şimdi emekli oldum. Keşke gelmeseydim buralara diyorum.

Geçen yaz Istanbul'a gittim. Ne kadar değişmiş Istanbul! Hele ada! Kumsal ne olmuş öyle? Yazık! Otomobilden geçilmiyor adada. Ne çok apartman yapılmış. Çarşaflı, matruşka gibi kafaları örtülü ne çok kadın vardı. Vah adaya! Eski dostlardan çok azını görebildim. Çoğu ya ölmüş ya da orada değiller. Belki de ben göremedim.

3- Atina'yı Amerika gibi anlattılar

Istanbul benim cennetimdir Ahmet. Istanbul'un üzerine şehir tanımam. Bak Ahmet, Atina'ya geleli tamı tamına 35 sene oldu. Ben kendi rızamla geldim buraya. Hiç kimseyle kavgam yok. Hala Türk vatandaşıyım. Her yıl yaz mevsiminde bir ay geliyorum Türkiye'ye. Onbeş günümü güneyde, onbeş günümü adada ve Istanbul'da geçiriyorum. Mutlu oluyorum. Ha, şimdi diyeceksin ki neden gittin Atina'ya. Bak anlatayım.

İşim yerinde, aşım önümde, karım yanımda derler ya; adadayken böyleydim. Yunan tebaalıların 1964'te gönderilmesiyle, çok arkadaşımı bir anda kaybettim. Bu arkadaşlarımla çok güzel birlikteliğimiz vardı adadayken. Gidenlerle sürekli yazışıyorduk. Postacı her hafta mektup getiriyordu bana, ben de onlara her hafta cevap yazıyordum. Kovulmalarının onların içinde bıraktığı burukluğu hissedemedim. Bana yazdıkları her mektupta Atina'yı ballandıra ballandıra anlatıyorlardı. Sanki Amerika idi Atina.

Biliyorsun, o zamanlar Istanbul'da yabancı mallarını ancak Tophane'deki Amerikan pazarından ve fahiş fiyata alıyorduk. Kimi zaman buraya baskın yapılıyor, eşyalar toplanıyordu. Senin de hatırlayacağın gibi her zaman her şeyi bulamıyorduk. Atina'daki arkadaşlarım, Istanbul'a gelenlerle bana istediğim her yabancı eşyayı gönderiyordu. Burada döviz sıkıntısı vardı. Döviz bulundurmak suçtu. Yurt dışına çıkış dört yılda birdi. Sen de biliyorsun Ahmet, ekonomik özgürlük yoktu, hadi bırak öteki özgürlükleri. Azınlık olmanın sıkıntısını da gelen göçlerle daha çok hissetmeye başladık. Dinimin gereklerini yerine getirirken Müslüman olmadığımı fark eden yeni gelmelerce 'gâvur' sayılıyordum. Onlara göre biz gâvurlar düşmandık, casustuk. Böyle bilgisizler topluluğu üzüyordu beni. Senin anlayacağın, her şey üst üste gelince gitmeye karar verdim. Ama beni en çok etkileyen, Atina'nın Amerika gibi gösterilmesi veya benim Atina ile ilgili anlatılanları o şekilde anlamış olmamdan kaynaklandı.

Karar verdim ve gittim. Param vardı ama iş kurmayı denemedim. Birçok Türk tebaalı Rum arkadaşım Yunanlı'ya inanmış ve dolandırılmıştı. Bunu düşünerek iş kurmadım Atina'da. Bir iş yerinde çalışmaya başladım. Baktım ki gün geçtikçe bana anlatılanlarla burada yaşadıklarım birbirini tutmuyor ve sıkıntılarım Istanbul'daki gibi devam ediyordu. Yunanistan'da istikrar yok, kargaşa vardı. Ne kötü yaptım da buraya geldim demeye başladım. Dönemezdim, çünkü bir Yunanlı kızı seviyordum. En çok yardımı ondan gördüm. Evi vardı; benim gibi o da çalışıyordu. Karar verdik ve evlendik. Bir müddet sonra Yunan vatandaşı oldum. Seneler sonra Yunanistan Avrupa Birliği'ne üye olunca, umduğum Amerika gibi bir Atina gördüm. Gel gör ki, Özal zamanında Türkiye de liberal ekonomiye geçince Istanbul'un Atina'dan farkı kalmadı. İşte o zaman sabredip Istanbul'da kalmadığıma pişman oldum.

Karım, Türkiye'ye her gelişimizde uğradığımız doğduğum yeri çok sevdi. Şimdi Büyükada'da bir ev almamı istiyor. Yaz aylarında adada oturalım diyor. Ama bu çok zor benim için artık. Yaşım ilerledi, emekli oldum, işler eskisi gibi bereketli değil. Çocuklarım da evlenmedi. Ancak geçiniyoruz. Yalnızca bir aylığına gidiyorum memleketime.

Kafamın bozulduğu zamanlarda, gelmemeliydim buralara diyorum; diyorum ama iş işten geçti artık. Şimdi Istanbul'dan Atina'ya gezmeye gelen adalılar ile konuşurken pişmanlığımı anlatıyorum. Hatta geçen gün, biliyorsun, senin yanında bir adalı kadından fırça da yedim. Atina Amerika değil. Atina Atina'dır, Istanbul da Istanbul'dur. Geç de olsa anladım.

4- Altın bileziğim var dedim

Zanaatkâr veya sanatkârsan dünyanın her yerinde sana iş var Ahmetciğim. Benim de zanaatımı biliyorsun; inşaatçıydım, çini döşeme ustasıydım. Yunanistan'a daha önce giden arkadaşlarım, mektuplaşmamız sırasında, Atina'da çok inşaat olduğunu, kalifiye elemana ihtiyaç olduğunu yazıyordu bana. Senin anlayacağın, bizim gibilere çok iş vardı. Kalkıp isteyerek geldim Atina'ya. Burada çok çalıştım, çok para kazandım. Yunanlıları bilirsin, tembel insanlardır. Az çalışırlar, çok uyurlar. Ben onlar gibi yapmadım. Bizim oralarda bir laf vardır; "eşek gibi çalıştım" derler ya, işte ben de öyle çalıştım Ahmetaki. Bu sayede kendimin de, iki çocuğumun da evi oldu. Bin şükür Allahıma!

Şimdi emekli oldum, karı-koca evde oturuyoruz. Arkadaşlarımız, dostlarımız az. Burası farklı bir yer bizim adaya göre. Maddiyat çok önde. Her şey para Ahmetciğim burada. Dostluk, arkadaşlık duyguları bizimkilerin arasında da zayıfladı. Dostluğu arıyorum bugün. O bakımdan adayı çok arıyorum. Atina'ya geldiğim zaman, inan doğru söylüyorum Ahmet, koşa koşa geldim. Pişmanım diyemem; ama dediğim gibi şimdi adada olmak isterdim. Ha, geri dönsem ve yerleşsem mutlu olacak mıyım dersen, kesin bir cevabım yok. Sadece adayı çok özledim. Nasıl özlemem vre Ahmetaki? Doğduğum yer orası, ilk aşkımı orada tattım, askere oradan gittim, terhisimde oradaki kilisede evlendim, babamı oradaki mezarlığa gömdük. Askere beraber gittiğim Türk arkadaşlarımdan hayatta kalanlar halen adada oturuyor.

Beni şimdi rahatsız eden şey ne, biliyor musun Ahmet? Para kazanmak için Yunanistan'a geldim; şimdi param var ama yanımda iki laf edecek adam bulamıyorum. Burada çalışmaktan başka bir şey yapmadığım için, arkadaşlarım ya her an karşımda olan duvardı, ya çiniydi ya da fayanstı. Onlarla konuşurdum çalışırken. Yaptığım işlerle övünürdüm. O fayanslar beni dinlerdi; sözümden çıkmazdı. Sanki askerlik yaptırırdım onlara. Bir düzen içinde dizilirlerdi. Hele inşaat sahibi yaptığım işi beğenince, o fayanslara bir göz kırpardım ki gören beni manyak sanabilirdi. Eh şimdi onları da bıraktığıma göre, onlarla da konuşamadığıma göre, geriye dönüp bakınca duygusal olarak tek bağımın Büyükada olduğunu anlıyorum.

Adaya gelmeyi, gezmeyi hem çok istiyorum, hem de korkuyorum. Kalbim bu kadar duyguyu kaldırabilir mi diye. Eski evimin önünden geçerken neler hissedeceğimi bilemiyorum. Geçen senelerde bazı arkadaşlarım adaya gittiler. Gelince öyle bir anlattılar ki, boğazımda hıçkırıklar düğümlendi. Yahu baksana, adadaki evinin önünde durup hayallere dalan arkadaşıma, evin yeni sahibi:

-Buyurun içeriye, gelip bakın evinize, fazla bir değişiklik yapmadık... demiş.

Bunu duymak bile insanı ağlatmaya yetiyor Ahmet. İçeri girip bakmışlar. İnanamadıkları bir şeyle karşılaşmışlar. Küçük odada duvardaki gömme ikonastasya aynen duruyormuş. Evin küçük kızı o odayı kullanıyormuş ve ikonastasyada kendi kitabınız yani Kuran-ı Kerim duruyormuş. İnan bunu anlatırken arkadaşım ağlıyordu. Ben kendimi zor tuttum. Bu yaşımda böyle şeyleri duymak veya görmek inan ki beni üzer, dayanamam diye adaya gitmeğe cesaretim yok vre Ahmet.

5- Bu ağacı Atina'ya taşırsam tutar dedim

Ahmet, kırk beş yaşımdaydım buraya geldiğimde. Adadaki evimi sattım, karım ve iki kızımla tası tarağı toplayıp geldim. İnşaatçılara ve iyi ustalara burada çok ihtiyaç vardı. Benimkisi riskliydi de ileri yaşımda. İntibak edebilir miyim diye karım ve kızlarımın şüphesi vardı. Senin anlayacağın, ben buraya genç yani fidan olarak gelmedim, yetişkin bir ağaç olarak geldim. Bu ağaç bu toprakta yaşar mı, tutar mı diye çok şüphelerim vardı benim de. Bin şükür, bu ağaç burada tuttu. Tuttu ama gel bir de bana sor neler çektiğimi. Gün geldi öyle kötü anlarım oldu ki.

-Yapamayacağım, döneceğim... dediğim oldu. Burada en büyük destek karım ve kızlarımdan geldi. Bugün yaşım seksene geldi, çektiğim acılarımı unutmuyorum ama adayı da çok özlüyorum.

Düşünsene Ahmet, yanımda amele çalıştıran bir ustayken burada başkasının yanında çalışan usta oldum. Ağırıma gitti. Ben sandım ki adadaki gibi burada da amele çalıştırıp ustalık yapacağım.

Meğer amele gibi çalışan bir usta olmak varmış kaderimde. İlk seneler bu zorluğu çekerken ağladığım akşamlar oldu. Karımın hakkını ödeyemem.

- Dayan, bu durumu sen istedin, başaracaksın... dedi.

Ben adada alışmıştım öğlenleri evime gelip sıcak yemeğimi yemeye. Burada öyle olmadı. Amelelerle birlikte soğuk füme balık ve ekmek yiyerek geçiştiriyordum öğle yemeklerini. Kimi zaman da konserve balık ve ekmek yiyordum. Acılar çektim. Şimdi bin şükür Allahıma, rahatım yerinde ama Büyükada'ya özlemim çok büyük; çok!

6- Zannettim ki

Ahmetçiğim sen de biliyorsun, okullarımız okul olmaktan çıkmıştı. Bizimkiler Yunanistan'a gelmeye başlayınca nüfusumuz eriyordu. Buna bağlı olarak öğrenciler de azalıyordu. Okulumuz, hayalet okul olmuştu. Rum okuluna giden kız çocuğum korkuyordu. Ya yolda tacize uğruyor, ya tehdit ediliyor ya da flörte zorlanıyordu. Çocuğumla birlikte okula gider oldum. Ona bir çeşit eskort yaptım. Bu daha ne kadar devam edebilirdi? Fazla imkânım yoktu ki özel okulda okutayım. Atina'ya gelme sebebim, okuluna rahat gidemeyen kız çocuğumdan dolayı oldu Ahmetçiğim.

Evet, gelmesine geldim ama ne çocuğum, ne karım ne de ben umduğumuzu bulamadık Atina'da. Kızım okulunda dışlandı sınıf arkadaşları tarafından. Devamlı alay ediyorlardı onunla. Öğretmeni de ismiyle değil, geldiği ülkenin yani Türkiye'nin adıyla hitap ediyordu.

- Hadi Türk, anlat bakalım! diye başlıyordu konuşmasına. Liseyi bitirdikten sonra kızım okumak istemedi. Aynı sözleri işitmek moralini bozuyordu. Çalışmaya başladı.

Keşke Istanbul'da kalsaydım ve bir burs bulup kızımı okutabilseydim. Hanımım da adadaki komşularını arar oldu. Burada herkes kendi telaşında. Benim intibak etmem de zor oldu. Her zaman yabancı olduğumu hissettirdiler. Oysa biz zannetmiştik ki Yunanistan'da rahat edeceğiz, Istanbul'daki korkularımızı burada yaşamayacağız. Evet, korkumuz yok ama ilişkilerimizde mutlu olmadık. Bugün keşke gelmeseydim diyorum, ancak artık çok geç. Kızım çalıştığı yerdeki bir Yunanlı ile evlendi, torunumuz oldu. Ben emekli oldum. Artık istemesek de burada yaşıyoruz. Senin gibi arkadaşlar geldiğinde adanın havasını alıyoruz Ahmet.

7- Kendimi Yunanlı zannettim

Bunu herkes söylemez sana Ahmet ama ben itiraf edeceğim. Büyükada'da iken kendimi Rum değil Yunanlı zannederdim. Bunun nedenini sorma, anlatamam. Rum dendiğinde, sizin bizi öyle tanıdığınızı zannederdim. Ben kendimi hep Yunanlı olarak gördüm. Anne ve babamla da tartışırdım. Onlara kızardım ve kendinizi tanımıyorsunuz derdim. İlkokulda sınıfa girince her sabah bize Türküm doğruyum diye söyletilen bir yemin vardı. Hiç kabul etmezdim. Ben Yunanlıyım derdim. Bir gün beni de Türk yapacaklar, tarih dersinde okuduğum gibi devşirmelik bir gün beni de bulacak derdim. Bir gün kendi ülkeme, yani Yunanistan'a gideceğimi, orada askerlik yapacağımı söylerdim. Rahmetli annem ve babam da kızarlardı bana. Gün geldi, annem ve babam vefat etti. Yaşım daha ergenlikteydi. Düşünceme uygun olarak kalkıp buraya geldim. Dedim ya, kendimi Yunanlı sayıyordum. Elimde Türk pasaportu vardı ve beni Yunanistan'da Yunanlı değil, Türk kabul ettiklerinde çok bozuldum. Uzun zaman Yunanlılar ile Türk olmadığımı tartıştım. Ne zaman ki pasaportumun müddeti bitti, Türk Konsolosluğu'na gidip uzatınca boşuna düşündüğümü ve konuştuğumu anladım. Yunan vatandaşlığına geçmek için başvurdum. Askerliğimi Yunan ordusunda yaptım. Yunan bir kadınla evlendim. Çocuklarım tabii Yunanlı. Hayat burada devam ederken, hiç de Yunanlı olmadığımı anladım. Adada aldığım terbiye ve görüşlerim buranınki ile uyuşmuyordu. Bunun acısını çok çektim. Dostluğun, arkadaşlığın, komşuluğun tanımı burada yok. Çocuk yaşta aklıma takılan Yunanlıyım fikrim giderek değişti. Rum olduğumu, hatta Büyükadalı Rum olduğumu geç de olsa anladım. Kırk yıl sonra Büyükada'ya gittiğimde oraya ait olduğumu anladım. Çok geç oldu ama anladım. Artık eskiye dönemem tabii, yani Büyükada'dan Atina'ya giderkenki yaşıma dönüp, hatalarımı yok saymam imkânsız. Çocuk yaşta verdiğim yanlış kararıma şimdi yanıyorum. Koca bir kırk yılı geçirdim. Adanın kıymetini bilin Ahmet.

8- Adadan Istanbul'a göç başlamıştı zaten

Benim Atina'ya gelişimi nasıl anlatayım sana? Zaten ada yavaş yavaş boşalıyordu. Şartlar değişiyordu. Siz de Istanbul'a göç ediyordunuz. Sen Ahmet, bekâr olduğun halde işe adadan gidip gelmiyordun. Cihangir'de oturuyordun; yalan mı, söyle bana? Artık ada hiçbirimizi doyurmuyordu. Eh, Atina'da inşaat işinde iyi para vardı ve ustaya da ihtiyaçları vardı. Benim buraya gelişimin tek sebebi ekonomik. İsteyerek geldim; para kazanmak için, dilimin konuşulduğu yere geldim. Almanya'ya, Avusturalya'ya nasıl gidiliyorsa ben de Yunanistan'a öyle geldim. İngilizce, Almanca öğrenecek ve oralarda ezilecek durumda değildim. Burada ezilmem diye düşündüm. Hoş, tatsızlıklar olmadı değil ama neticede bildiğim lisanın farklı versiyonuna çabuk alıştım. Evlendim, çocuklarım oldu, ev, araba sahibi oldum. Bin şükür Allahıma! Şimdi yaş geldi, emekli oldum. Büyükada'ya ilk defa beş sene önce gittim. Üzüldüm, ağladım, neden adayı terk edip gittim diye. Ama Ahmet bir şey diyeyim mi sana, artık orada yapamam. Sosyal bakımdan çok değişmiş benim adam. Sizlerle geçirdiğim zamanlar güzel; ama her saat siz yoksunuz ki. Ada bende aklımdan silinmeyecek bol hatıralarla dolu eski ve öz vatanım olarak kaldı. Annemin babamın mezarlarını ziyarete gittim. Bakımsızdılar; üzüldüm. Adanın kalan Rumları mezarlara neden bakmıyorlar? Bu yaz geleceğim, sana söz veriyorum. Gelmeden telefon edip otelde yer ayırtacağım. Ne! Çok önceden mi ayırtmalıyım? Demek o kadar rağbet var adaya. Tamam, konuşuruz.

9- Okullar pahalıydı

Vre agorimu, bizim okullara çocuğumu yollamak istemedim. Hem tedrisattan, hem de korkumdan. Özel okula göndermek istedim ki çocuğum imtihanı kazanmıştı. Vre gamota, ne pahalıydı be! Senede on bin dolar okula; kitapları, servisi, yemeği, pa pa pa... Beni aşar bu fiyat dedim; ver elini Atina! İyi de yaptım gelmekle. Hani diyeceksin ki adayı arıyor musun. Aramaz mıyım vre Ahmedimu, aramaz mıyım? Ama ne yalan söyleyeyim, pişman değilim geldiğime. Çünkü ben kaçmadım, ailemin geleceğini düşündüm. Ha, burada Türk tohumu demediler mi bize? Dediler. Olsun. Bir laf vardır bizim oralarda bilirsin, it ürür kervan yürür. Ben de işime baktım. Kulaklarımı tıkadım böyle kötü sözlere. Ne oldu sonunda? Ben kazandım. Şimdi oohhh! Her yeri geziyorum. Ben dünya vatandaşıyım, Türkiye'ye de gidiyorum, Amerika'ya da. Çocuğumun okulu için geldim dedim ya, beni utandırmadı kızım. İyi okudu, bin şükür işini kurdu, evini arabasını aldı, geçen sene de evlendirdim. Oh, rahatım.

10- Ben deniz adamıyım

Deniz yoksa ben yokum Ahmet. Atina'ya gelirken tek düşüncem vardı. Balığa çıkabilecek miyim diye soruyordum kendime. Ev almadan küçük bir sandal ve motor aldım. Evimi ise kiraladım. Her hafta sonu balığa çıktım. Bizim Marmara'nın lezzetli balıklarını bulamadım tabii ama eh işte, yine de yakaladım. Burası Atina'ya uzak. Her hafta sonu geliyordum. Sonra yazlık ev aldım buradan. Şehirde hala evim yok, biliyor musun? Ama mutluyum. Bak Ahmet, şu karşı kıyılar var ya, akşamları tıpkı Maltepe, Kartal, Pendik gibi gözüküyor bana ışıklar yanınca. Bir akşam kal da gör; aynı karşı kıyı gibi. İşte burada oturup adayı düşünüyorum. Burada mutluyum. Adada olsaydım daha iyi olacaktı ama dediğim gibi, kendi adamı kendim yarattım burada.

11- Güven yok

Adadayken güvenimi kaybettim Ahmet. Bizimkiler gitmeye başlayınca sizlerin değil, adaya sonradan gelenlerin çok tehdidini aldım. Ortam güvensizdi. Her akşam eve korkuyla geliyor, her sabah korkuyla çıkıyordum. Bu ne kadar devam edecekti? Kendime güvenemiyordum. İşte rahat değildim. Geleceğim ne olacaktı? Bak Ahmet, sen bunları yaşamadın; bilemezsin. İnsanın kendi vatanında kendisi olmadığını, kobay olduğunu görmek çok acı. Ya psikopat olacaktım ya da delirecektim. Güvensiz ortamdan kaçmak için Atina'ya geldim. Burada da zorlukla karşılaştım. Ama çabuk atlattım. Pişman mısın dersen, olmamalıydı bütün bunlar. Ben de askerlik yaptığım, vergi ödediğim anayurdumda kalayım isterdim tabii ki. Eh ne yapalım, kader buymuş.

12- Ah, ah inandık geldik

Ah be Ahmet, önceden buraya gelenlere inandım da geldim. Şöyle iş var, böyle rahatlık var falan dediler, kanımıza girdiler. Kalkıp geldim. Gelirken en kötü şeyi yaptım, evimi satıp da geldim. Keşke satmasaydım. Geriye dönmem için bir sebep olurdu. Buraya alışamadım. Zorluk çektim. Bazı arkadaşlarım hala adada evlerini muhafaza ediyorlar. Gelirken satmadılar. Yaz aylarında hanımları adaya gidiyor, kış aylarını burada çocuklarının yanında geçiriyor. Kendileri de burada yapamayınca adaya döndüler. Benim hatam, dediğim gibi, evimi satmak oldu.

13- Çok sıkıldık

Adadayken, büyük göçe kadar rahattım. Ondan sonra huzursuz oldum. Evet, 64 göçünden bahsediyorum tabii. Bizimkiler yavaş yavaş Atina'ya gidiyorlardı. Bu beni korkutmaya başladı. 74 Kıbrıs çıkartmasından sonra bazı kendini bilmezlerin sözleri canımı çok sıktı. İkinci sınıf insan sayılmaya başladığımı farkettim. Devlet memurları değişmeye başlamıştı adada. Evvelden vergi dairesinde, belediyede, karakolda hep tanıdık simalar vardı. Tanırlardı beni; yardımcı olurlardı. Yeni gelenler işlem yaparken "ne zaman gideceksin bakalım" demeye başladılar. Kim kimi niye kovuyor diye sormadım hiçbir zaman kendime. Bu muameleler beni çok üzdü, sıkıldım ve aniden karar verip her şeyimi satarak Atina'ya geldim.

Hiç de umduğum gibi bir Atina göremedim. Sıkıntılarım burada da devam etti. Ama Ahmet, buraya gelirken arkamda köprüleri yakarak geldiğimden geri dönüşüm olamazdı. Çok sıkıntı çektim, bildiğin gibi değil. Yunanlıların bizi istemediğini görmek acı geldi. Hani bir söz vardır ya, iki arada bir derede kaldı diye; işte öyle oldum. Mutsuzum.

14- Kumaş çalıyorlardı

Yanımda çalışan iki Türk tezgâhtar vardı. Yaşım ilerlemeye başladığından, inan emekliliğimi bekliyordum. Emekli olunca, dükkânı onlara devredip köşeme çekilecektim. Ama ne oldu biliyor musun, o iki tezgâhtarım ki sen çok iyi biliyorsun onları, kumaş çalıyorlardı. Nasıl mı anladım? Bak anlatayım. Müşteriyi telefonla arıyorlardı ve istediği kumaşı dükkâna sokmadan satıyorlardı. İşler düşmeye başladı. Satışlar düşünce benim devir için istediğim parayı, dükkânın müşterisi kaçtı diye çok bulup indirmeye çalıştılar. Bir gün o müşterilerimden biri tesadüfen dükkâna gelip yolladıkları kumaşı değiştirmemi istedi. Öyle bir kumaş göndermediğimi söyledim, ısrar etti ve olay aydınlandı. Sen olsan böyle insanlarla bir arada kalır mısın? İşten çıkartmak istedim, tehdit ettiler; zor kullanarak istedikleri fiyata dükkânımı devir aldılar. Lanet olsun dedim ve Türkiye'yi terkettim. Sonradan duydum ki birbirlerine girmişler, kavga etmişler ve onlar da dükkânı devredip gitmişler. Eee ne demiş atalarımız, alma mazlumun âhını... Bu onların yanına kâr kalmadı. Şimdi burada ihtiyarlığımı yaşıyorum. Dükkânımı devrederken korkmamalıydım; hata ettim.

15- Türk kızına aşkım yüzünden gittim

Bir Türk kızı sevdim; ama çok sevdim. Ailesi ben Hıristiyan'ım diye karşı çıktı. Kızın ağabeyi beni ölümle tehdit etti. Yok, yok. Kız Büyükadalı değildi, Istanbul'dandı. Annem babam korktular; git, kaç git buradan diye baskı yaptılar. Ben Atina'ya aşkım yüzünden geldim. Unutmam hiç de kolay olmadı. Mektuplaştık uzun süre. Bir kız arkadaşının adresine yolluyordum mektuplarımı. Atina'ya kaçıp gelmek istedi, olmaz dedim. Ağabeyi belalı biriydi; bizi burada da bulurdu. Sonunda evlendirdiler onu. Ben de evlendim ama ondan çok sonra. Şimdi yılbaşında, noelde, paskalyada, bayramlarda ya telefonlaşırız ya da mesaj atarız birbirimize. Saygılı bir dostluğumuz oluştu. Keşke onunla evlenebilseydim. İyi kızdı.

16- Babam anarşi yüzünden Atina'da ev aldı

Anarşi almış başını gidiyordu. İnsanlar öldürülüyordu. Istanbul yaşanmaz olmuştu. Babam bizi düşünerek gelip çok uygun fiyata bir kat aldı Atina'da. Eğer bir gün ihtiyaç duyulursa geliriz diye. Ama oturması nasip olmadı babamın ve annemin. Bize nasip oldu işte. Çok şükür Allahıma ki huzur içinde yaşadık. Çocuğumuzu da evlendirdik. Eh biz de emekli olmuştuk. Yazın Büyükada'da kışın Atina'da oturalım dedik ve geldik. İyi de oldu. Şimdi bir ayağımız burada, bir ayağımız adada. Babama ne kadar teşekkür etsem az. Onun sayesinde buradayız. Ama biz başkaları gibi adadaki evimizi satıp gelmedik. Onlar sattığı için geri dönemiyorlar. Keşke satmasalardı. İnsanlar kaderlerini elleriyle yapıyor. Geldiklerine pişman olan o kadar çok adalı var ki burada…

17- Adada anne rahmindeki gibi rahattım, Atina'ya gidince ağladım

Ada benim için vatan, Ahmetaki. Ada benim anam; ada var olmamın nedeni. Ada olmadan ben olamam. Hayatımın bütün güzelliklerini orada geçirdim ve yaşadım Ahmet. İnsanoğlunun en rahat ettiği yer neresidir, bilir misin? Doğmadan önceki anne karnıdır. Dış dünyayı tanımazdan önceki zamandır. İşte ben adadayken sanki annemin rahminde gibiydim. Benim için dış dünya, adadan gidince başladı. Sanki doğumum gerçekleşti Yunanistan'a gelince. Bütün kötülükleri, sahtekârlıkları, yalancılıkları, dolandırıcılıkları, menfaatçilikleri ve dostsuzluğu burada tanıdım. Ne demek istediğimi anladın, değil mi? Çok kandırıldım, çok kazık yedim burada. Ben niye geldim diye günlerce, aylarca sordum her seferinde. Allah kahretsin beni dedim. Ağladım, ağladım. Ama ne fayda! Gözyaşım bitti, kurudum, taş oldum. Acının ne olduğunu bilmiyorum artık. Domuz gibi oldum. Benden akacak tek bir damla gözyaşı kaldı. O da ada için…

18- Dört yaşımdaydım

Ahmet abi benim buraya gelişimde sen kaç yaşındaydın, hesap edelim. Sen kaç doğumlusun? Kırk dört mü? Ben de yetmiş dörtlüyüm. Demek ki otuz yaş farkımız var abi. Biz 78'de geldik Atina'ya. Ben dört yaşımdaydım o zaman, sen de otuz dört yaşındaydın demek ki. İnan bana adayı çok fazla hatırlamıyorum. Sadece sizin evde annenin bana kızarmış ekmek üzerine tereyağı, beyaz peynir ve vişne reçeli sürüp kahvaltı yaptırdığını hatırlıyorum. Seni hiç hatırlamıyorum. Anlayacağın, gözlerimi hayata burada açtım abi. Benim adadan ayrılmakla memnunluklarım ve pişmanlıklarım diye bir şey yok ki anlatayım sana. Ben hiçbir zaman adalı olamadım ki. Benim buralı olmam doğal değil mi? Hoş her ne kadar annem ve babam Büyükada'yı anlata anlata bitiremedilerse de ben oranın yabancısıyım. Büyükada ve Istanbul benim için gezilecek güzel yerlerden birkaçı sadece. Senin o zamanki yaşındayım şimdi. Yani otuz dört yaşımdayım ve bulunduğum yerden de konumdan da memnunum. Türkçeyi neden mi güzel konuşuyorum? Evde annem ve babam hep Türkçe konuşurlardı. Bir lisan, bir insan derlerdi. Şimdi bunun çok faydasını görüyorum. Türkçemden dolayı Türkiye ile ticaret yapan firmaların aradığı adamım. Fuarlara geliyorum. Istanbul'dan başka Ankara, Kayseri ve İzmir çok sık gittiğim şehirler. Hepsi de güzel yerler. Ama Istanbul... Rüya gibi be abi! Bizimkiler buraya gelmemiş olsaydı ben Istanbul'u terketmezdim sanırım Ahmet abi.

19- İsterdim ki babam TC vatandaşı olsun

Kader işte, ne yaparsın Ahmetaki. Biz sürülürken ben ondört yaşımdaydım. Hiç bir şeyin farkında değildim. Yani işin siyasî tarafını anlayamadım. Zannettim ki babam iş için Atina'ya gidiyor, biz de annem ve kardeşimle gidiyoruz. Tıpkı Türk komşumuzun oğlunun Almanya'ya gittiği gibi... Buraya gelince ve okula başlayınca çok zorluk çektim. Okulda öğretmenler ve talebeler bana Türk diyordu. Evde annem ve babam Yunanlı olduğumuzu söylüyordu. Çünkü Yunan pasaportumuz vardı. Şaşırmış kalmıştım. Okulda anlatmaya çalışıyordum ki biz Istanbul'da iş için bulunuyorduk ve Türk değildik. Ama onlar diyordu ki senin Yunancan Yunanlı gibi değil, Türk gibi konuşuyorsun. Ne kadar zor bir durum bu ondört yaşındaki bir çocuk için, anlayamazsın Ahmetaki. Seneler geçti, askerliğimi yaptım. Çok uzun seneler sonra, ta 96'da Büyükada'ya ilk defa gittiğimde ve evimizin önünden geçtiğimde anladım ki ben Büyükada'ya aitim. Kan çekti beni. Her sene iki defa gidiyorum adaya, biliyorsun. Ve sana bir şey söyleyeyim mi Ahmetaki, isterdim ki babam Türk vatandaşı olsaydı da buraya gelmeseydik. Ben başkaları gibi korkup gelmezdim Türk vatandaşı olsaydım. Direnirdim. Bak gördün, evim halen adada duruyor. Gelmezdim mathetheo!(*)

(*)Mathetheo: bizdeki vallahi yerine Rumlar tarafından kullanılıyor.

20- 20 yıl sonra Istanbul'da Rum kalmayacak

Ah be Ahmet, ne diyorsun sen? Bak sana bir şey söyleyeyim mi, yirmi yıla kalmaz Istanbul'da Rum kalmayacak. Nah buraya yazıyorum! Ha ne olacak; zengin Yunanlılar düğün, vaftiz için gelip ya Patrikhane'de ya da diğer kiliselerde tören yapacaklar. Istanbul'un son Rumlarını ancak kilisede cenazelerde göreceksin. Kaç tane Rum kaldı, saysana! Yüzbinlerden binlere indi sayıları. Duyduğuma göre adada 30 Rum kalmış. Ya okuldaki öğrenci sayısı? Üç mü? Bunu bizim değil, sizin anlamanız lazımdı Ahmet. Ya bizi oralardan kaçıran politikaya ne demeli? Bunda Yunan hükümetinin de kabahati var tabii. 1964'teki Yunan hükümeti İsmet Paşa'nın oyununu bozabilirdi. Bizi Kıbrıs uğruna harcattılar. Bize ne yaa Kıbrıs'tan? İsmet Paşa ekso(*) dedi, Yunanistan dur anlaşalım demedi, Ela(**) dedi Yunanlılar da. O zaman anlaşma olsaydı, biz de yurdumuzdan olmazdık. Istanbul demek mozaik demek diyorlar Türkiye'de. Ne mozaiği be; renk mi kaldı? Rumlar gitti; Ermeniler ve Yahudiler de gidiyorlar yavaş yavaş. Kaç Ermeni ve Yahudi kaldı saysana bana? Adanın yerlilerini saysana Ahmet! Havra açık mı kışın? Bizim zamanımızda açıktı. Latin Katolik Kilisesi açık mı kışın? Bizim zamanımızda açıktı. Ermenilerin kiliseleri açık mı? Söyle, ne mozaiğinden bahsediyorsunuz be Ahmet! Avrupa, Amerika, İsrail ve diğer ülkelere göç ediyorlar. Bizi kovmakla açıldı yol. İstediler ki bütün yabancıları atsınlar. Ne oldu? Şimdi de yabancı sermaye gelsin diyorlar. Önce Rus, Moldovyalı, Ukraynalı, Arap doldu Istanbul'a. Biz mi kötüydük, yoksa onlar mı iyi? Şimdi sen diyorsun ki biz azınlık olduk. Evet, siz şimdi azınlık oldunuz. Pişmanlığı idare edenler çeksin. Biz de, siz de sadece acı çektik ve çekiyoruz. Haydi stinya!(***)... Dostluğumuza!

(*) Ekso : dışarı
(**) Ela : gel
(***) Stinya : içki sofrasında kadeh tokuştururken söylenen sözlerden biri.

21- Enterne ediliyorduk

Ahmet, adadayken nefes alışım azalıyordu. Şikâyetlerim giderek artıyordu. Bunu sen anlayamazsın. Bir olayı yaşamadan, işittiğinle zor karar verirsin. İşittiğin zaman oyunun içinde değilsin ki, taraflardan biri değilsin ki... Ben yaşadıklarıma bakarım. Asırlardır oturduğumuz ve doğup büyüdüğüm adaya daha beş altı yıl önce gelip yerleşmiş birinin bana "ne zaman gidiyorsun buradan" diye devamlı soru sorması karşısında sen olsan ne yapardın? İşkence gibi bir şeydi bu! Kovulmak için sıra bekliyordum sanki. Herkesin sevgisini değil nefretini görüyordum yüzüme bakarken. Yalnız kalmaya başladım. Sanki enterne ediliyordum vatanımda. Yabancı gibi davranıyordu çevremdekiler. Ada eski ada olmaktan çıkmış, yabancılaşmıştı bana. Huzurum olmayınca ne yapabilirdim? Kendimden kaçmak istedim ve Atina'ya geldim. Bir yabancılık da burada karşıma çıkmaz mı? Bu sefer bu topluma yabancı olduğumu hissettirmeye başladılar. Sıkıldım; ben ne yapıyorum, neredeyim diye sormaya başladım kendime. Kafayı yiyecektim. Günlerce ağladım. Sonunda anladım ki yanlış yapmışım. Adadan kaçmayıp sizlerle beraber olabilirdim. Ama siz de yoktunuz ki meydanda. Sen Istanbul'da hem çalışıyor, hem de oturuyordun. Direnmeliydim, gitmemeliydim, dik durmalıydım. Olmadı, yanlışı bir başka yanlış takip etti. Burada mutlu olmasam da, mutluluğu arayarak sonumu bekleyeceğim artık Ahmet. Senin gelişlerin inan içimi ısıtıyor. Seni görüp konuştuğumuz zaman, arkanda sanki Büyükada'yı görüyorum şu Faliro sahilinde.

22- Hastanelerimizde bile yabancı olmuştuk

Hastalandım; bizim vakıf hastanesine gittim. Gördüm ki hastane vakfın malı olmaktan çıkmış. Doktorla anlaşamıyordum. Benim Türkçem zayıf, onun Rumcası yok. Nüfusumuz azalınca doktorlar Türklerden olmaya başlamıştı. Hastaların da neredeyse tamamı Türklerden oluşuyordu. Senin anlayacağın, biz biz olmaktan giderek çıkıyorduk. Ha Gureba'ya gitmişim, ha Balıklı'ya; hiç farkı yoktu. Oralar da paralı hastaneler gibi pahalı olmaya başlamıştı. Sigorta hastanelerinde sürünmeyi ise göze alamazdım. Hem sigortalıyım, hem Rumum, hem zengin değilim. Ne olacak durumum? Buradan biri, Yunanistan'da sağlık problemin olmaz dedi; ben de ani bir kararla adadan kaçıp geldim. Geliş o geliş…

23- Rum olduğumu buraya gelince anladım

Ulan Türkiye'de iken göçlerle gelenler tarafından dışlanmaya başlamıştık. Gâvur diyorlardı, Ermeni diyorlardı, Yahudi diyorlardı; adamlar ne din, ne de ırk farkını biliyor, sadece gâvur diyorlardı. Cahil bir toplum oluşmuştu adada. Rum olduğumu söylediğimde Kıbrıslı katil olduğumu zannediyorlardı. Kim olduğumu unutmuştum. Musevilerin bayramında beni tebrik edenler vardı. Anla artık karmaşayı! Sizin bayramlarda adamlara iyi bayramlar diyemez olmuştum. Ha Ermeni kilisesi, ha Rum kilisesi; adamlar için hiçbir fark yoktu ki! Onlar için bir cami vardı, bir de diğer ibadethaneler. İnanmayacaksın Ahmet, Ay' Yorgi'yi müslümanların adak yeri zanneden vardı yeni gelenler arasında. Orayı Hazreti Hızır'ın yeri diye biliyordu adam. Bana da soruyordu, hiç gittin mi diye. Sıkıldım Ahmet. Kalkıp geldim buraya; çalışıp para kazandım, Allahıma bin şükür! Rum olduğumu burada anladım dersem inanır mısın? Nasıl mı? Buradakiler Yunanlı; dili de farklı, ibadeti de. Adadayken bizi bir arada ve güçlü kılanın kilise olduğunu anladım. Yunanlı kiliseye fazla gitmez. Önünden geçerken haç çıkarır, geçer. Papazlar da fazla saygın kişiler değil benim için. Boş ver! Bizim adada aldığımız terbiyenin beni Rum yaptığını buraya gelince anladım. Biz daha tutucuyuz, Yunanlı serbest. Namus mefhumumuz bile farklı. Ben Rumum Ahmet. Rum olduğum için de memnunum.

24- Azınlığız, gökkuşağının kaybolan rengiyiz

Azınlık olmanın ne kadar zor olduğunu bilir misin Ahmet? Bu her yer için geçerlidir. İstediğin kadar eşitlik de, demokrasi de; bunlar boş laflar. Fasa fiso bunlar Ahmet. Bak şimdi sen anlatıyorsun, biz gidince siz azınlık oldunuz diye. Anlat bakalım azınlığın ne olduğunu? Zor geliyor değil mi kültürel anlaşmazlık şimdi sana? Biz oradayken sizinle kültürel anlaşmazlığa düşmezdik. Çünkü iki taraf da aynı toprağın insanıydı, ada kültürüyle yetişmişti. Gelenlerle şimdi sen anlaşamıyorsun. Ben ne yapayım? Resmi dairede, çarşıda, her yerde azınlıkta olduğumuzu hissettirdiler bana. Askerde bile. Bizim gittiğimiz yer Amasya'ydı. Azınlıkları başka yere vermezlerdi ki. Şimdi de Ermeniler ve Yahudiler orada askerlik yapıyor. Azınlık renkti evvelden. Şimdi o azınlığın içinden bir renk kayboldu. Biz yokuz artık. Söylesene bana Ahmet, gökkuşağından bir renk eksilir mi? Onun güzelliği çok ve sabit renklerin olmasından değil mi? İşte bizi o gökkuşağından kazıdılar. Şimdi kaybolan renkle güzellik peşinde koşuyorlar. Benim buraya gelmemde en önemli sebep, geleceğimin Türkiye'de olmayacağını bilmemdir. Mutsuzluğu orada tedirgin yaşayacağıma, burada bilerek yaşarım dedim. Amerika'ya, Almanya'ya da gitseydim gene aynı olacaktı. Adayı hep özleyecek ve unutamayacaktım. Burada da aynısı… Hiç olmazsa vatanıma bir saat mesafedeyim. İstediğim zaman uçağa atladığım gibi gidiyorum. Hepinizi görüp hasret gideriyorum. Acımı içime akıtıyorum. Ama olsun, bunu ben seçtim.

25- İşe gittim, tıpkı sizinkiler gibi

Televizyonda bir programda seni dinledim Ahmet. Bizler için demiştin ki, gitmemeliydiler. Batı Trakya'daki Türkler de çok ızdırap çekti ama gitmediler. Topraklarına sıkı sıkı sahip çıktılar. Belki doğru söyledin ama bizim toprağımız yoktu ki. Biz toprak adamı değildik, biz zanaatkârdık. Nerede olsa çalışıp ekmeğimizi kazanırdık. Adadaki Türklerden çok kimse çalışmak için Almanya'ya, Avustralya'ya, Amerika'ya gitmedi mi? Eee buna ne diyeceksin?

Başkalarını bilmem ama ben ekmek parası için lisanımın da rahatça konuşulduğu bir başka şehire geldim. Dostluğu, arkadaşlığı çok özlüyorum. Ne yaparsın ki mecburdum. Hem sana bir şey daha soracağım; İmrozlular da toprak sahibiydi onlar niye gitti? O sitemini benim gibilere değil, onlara sor. Sor da neden gittiklerini öğren. Sen katilleri getirip İmroz'u açık cezaevi yaparsan, tabii gider adamlar. Batı Trakyalı Türk ile Rum'u bir tutma Ahmet. Herkesin şartları eşit değil.

26- Hükümet azınlıklara karşı kararlar aldı

Bak Ahmet, bu konular çok derin ve çok köklü. Bunu ne sen, ne de ben düzeltebiliriz. Senin buraya gelip bizimle görüşmelerin, yazdıkların, hepsi güzel ve dostane. Bu bile güzel. Tabii anlayana. Sana Türkiye'de Rum hayranı dediklerini de duyuyoruz. Seninki Rum hayranlığı değil, kaybolan değerlerin arkasından ağlamak bana göre. Üzülme; dostluğumuz devamlı mı, sen ona bak. Hükümetler veya devletler ne yapıyor? Biz, afedersin, kıçımızı yırtsak bunları düzeltemeyiz. Karar başka yerlerde alınıyor ve biz kobaylara uygulanıyor. Yunan tebaalıların kovulmasını geç; biz Rumların göçünü başlatan kim? Azınlıklara karşı alınan bir dizi kararlar var hükümet tarafından Onları doğru değerlendirenler göç etmeye başladı önce. Sen biliyor musun ki önce İmroz'daki Rum okulları kapatıldı, sonra orasını yarı açık cezaevi yaptılar ve arkadan jandarma kışlasını yerleştirdiler. Bu ne demektir Ahmet? Rahat kalır mı insanda? Beni daha fazla konuşturma. Bu insanlar göç etmeyip de ne yapacaktı? Kalanların ne çektiğini biliyor musun? Kimi dayak yedi, kimi evinden oldu, kimi Türklerle evlendi. Senin anlayacağın, hiçbir şey aslına uymadı, bozuldu. Kötü komşu insanı mülk sahibi yapar derler ya, işte aynen öyle oldu. Bu yalnız bizim başımıza gelen bir şey değil tabii. Tarihte böyle zulüm gören çok ulus var; Türkler de bu zulmü yaşadı. Olanlar insanlık adına üzücü. Dilerim bir daha olmaz. İnsanlar acı çekmemeli.

27- Zaman değişti, bizler de değiştik

Vre Ahmetaki, zaman değişiyor. Bizim arkadaşlarımız aileleriyle birlikte gitmeye başladılar adadan. Yalnız Rumlar mı? Siz de gittiniz adadan. Zaman insanı değiştiriyor. Ne var ki siz evinizi satıp gitmediniz, biz satıp gittik. Evini satmadan giden Rumları da gördük. Evlerini işgal ettiler. Şimdi bazıları giremiyor evlerinden içeriye. Tehdit ediliyorlar. Bu ne biçim demokrasi, ne biçim adalet? Adadan giden yalnız biz değiliz ki. Bugün Adalar'da yaşayan eski adalı sayısı kaç? Duyduğuma göre çoğu Bostancı'da ev almış. Ada, iş hayatı Istanbul'da olana uzak geliyor artık. Trafik derdi var. Evvelden Istanbul bu kadar kalabalık değildi. Adadan gidip gelmek kolaydı. Bugün hesap et, günün kaç saati yolda geçer? Benim gidişimin hiç bir siyasî sebebi yok. Ben çalışmaya, çocuklarım için daha iyi bir gelecek kurmaya geldim buraya. Çok da iyi yaptım. Ha, şimdi hedeflerime ulaşınca ve karımla baş başa kalınca adayı özlüyoruz. O kadar. Ne eski arkadaşlarımızı, ne eski dostlarımızı, ne burada, ne de adada bulamayacağımızı da biliyoruz. Anılar, hatıralar ve özlemle kilometreyi dolduruyoruz vre Ahmetaki.

28- Rumum ama kendimi Türkiyeli hissedemedim adada

Türkiye'de Rum olmakla, Yunanistan'da Türk olmak aynı şey Ahmet. Her iki durumda da dışlanıyorsun toplumdan. Evvelden biz adadayken nasıl görülüyorsak, İskeçe'deki Türk de Yunanlı için aynı görülüyordu. Şimdi değişti. Şimdi İskeçe'deki Türk, AB vatandaşı oldu. Avrupalıyla eşit. Ya Türkiye'deki Rum, Türk ile eşit mi halen? Polis olamaz, devlet memuru olamaz, subay olamaz, o kadar çok ki 'olamazlar'; fazla söylemeyeyim. Vre çöpçü bile olamaz be! Vergi vermeye gelince; varlık vergisi meydanda! Ne oldu? Gayrimüslimlerin anası bellendi. Yalan mı? Türkiye'de iken hiç bir zaman kendimi Türkiyeli hissedemedim. Bunu hissetmemi yasaklamışlardı. Buraya gelince ve Yunan vatandaşlığına geçince Rum olduğumu anladım. Şimdi de Yunanlı olmadığımı biliyorum. Ama torunlarım Yunanlı oldular. Onlara Rumluğun ne olduğunu öğreten çocuklarım yok ki. Önce çocuklarım Yunanlaştı çünkü. Geldiğime pişmanım dersem yalan olur. Ama inan ki içimde bir burukluk var, adada olamamaktan dolayı. Keşke bunların hiçbiri olmasaydı.

29- Evime kayyum tayin edilmiş, kira devamlı yükseltildi. Avukat açıktan para istiyor.

Sınırdışı edildiğimizde evimizi hazineye geçirmişler. Kayyum tayin edilmiş. Kiraya verilmiş evimiz. Kira, Merkez Bankası'nda bloke olmuş; alamıyorum. Avukat açıktan para istiyor. Ne biçim iş bu? Geleyim ve bunlarla uğraşayım diyorum ama güvenemiyorum.

30- Evime giremiyorum

Adadan giderken ben çocuktum Ahmet. Babam, evi kapatalım da ileride dönünce otururuz demişti. Olmadı. Adadaki bir Rum tanıdığımıza vekâlet verdik ve kiralamasını istedik. Aradan kaç sene geçti biliyor musun, tam otuz sekiz sene. Özal zamanında Türkiye'ye girişimiz serbest olunca ve evlerimizde oturmamıza izin çıkınca geldim ama eve giremedim. Kirayı ödeyenler, çıkmayız dediler. Ev benim, tapu benim. Hayır, giremezsin dediler. Mahkemeye veririm dedim. Seni vururuz dediler. Evim adada, adaya geliyorum ve evime giremiyorum. Bu ne biçim iş? Yaz aylarında adaya gelip oturmak istiyorum, can güvenliğim yok. Sat bana evi diyorlar, para vermiyorlar. Çıldıracağım. Vergilerini ben ödüyorum, evime sahip olamıyorum.

31- Sembolik azınlık olmuştuk

Bizimkiler hızlı bir şekilde göç etmeye başlayınca azınlık olmaktan çıkmış, sembolik azınlık olmuştuk. Okulda öğrenci kalmamıştı, kilisenin cemaati kalmamıştı. Ayrı bir insan topluluğu gibiydik. Yabancılaşmıştık. Selam sabah da kesilmişti. Herkes ne zaman gideceğimi sormaya başlamıştı. Huzurum yoktu. Ben de modaya uyup geldim buraya. Zannettim ki burada bana kucak açacaklar. Nerde! Burası adadan beter olmuş. Herkes maddiyatçı. Selam bile nerdeyse parayla veriliyor. Kaldım arada. Orada sembolik azınlıktık, burada sembolik çoğunluk olduk. Hatam şu, şimdi anlıyorum. Adadan Istanbul'a gitmeliydim. Belki daha rahat ederdim. Şimdi geldiğime pişmanım.

32- Evliliklerde problem olacaktı

Bak Ahmet, senin de kızın var. İstersin değil mi düzgün bir evlilik yapsın? Ben de onun için geldim. Hatay'dan, Mersin'den Ortodoks Araplar gelmeye başladı Istanbul'a. Bizimle aynı dinden, aynı dilden ama kültürlerimiz çok farklı. Benim kızım onlardan biriyle evlenemezdi. Onlar bize kaba geliyordu. Ne sofrada oturmasını biliyorlardı, ne konuşmasını. Zordu onlarla birlikte yaşamak. Onun için geldim Atina'ya. Şimdi haksız mıyım? Ha, Yunanlı ile evlendirdim kızımı da ne oldu? Aynı bok! O da kaba çıktı. Senin anlayacağın, yağmurdan kaçarken doluya tutulduk. Neyse, her şey olacağına varıyor. En iyisi susmak... Ama ada çok güzeldi be!

33- Çocuklarımız azınlık okuluna gitmiyor, paralı okullar revaçta

Korkumdan çocuğumu bizim okula gönderemezdim. Bu korkumu sana nasıl anlatayım? Anlayamazsın ki. Özel okul da çok pahalıydı. Bizden bazı arkadaşlar özel okullara gönderdi çocuklarını ama benim gücüm yetmezdi. Ne yaptım? Karımla ve çocuklarımla konuştum ve Atina'ya geldik. Yani senin anlıyacağın okul dert oldu. Baksana Ahmet bizim Rum okullarında kaç öğrenci var, özel okullarda kaç Rum öğrenci var? Şimdi bilmiyorum ama benim orada olduğum zamanda özel okula giden öğrenci sayısı bir hayliydi.

34- Azınlıklar istenmiyor ki

Bu benim fikrim; madem ki azınlığız, o zaman bazı haklarımız olmalı. Mesela üniversiteye girerken bize kontenjan tanınmalı. Bu sağlanmış olsaydı okumak için buraya gelmezdim. Sen madem yabancılara kontenjan açıyorsun, hatta askeri okullarda bile bunu yapıyorsun, kendi azınlığına da yapmalısın diye düşünüyorum. Ha, bana şunu söyle anlarım; azınlık saydığımız Rumları istemiyoruz dersen haklısın. O zaman ben de giderim arkadaş. Zaten Patrikhane'yi en büyük tehlike olarak görmüyor musunuz? Ruhban Okulu'nu neden açtırmıyorsunuz? Demek ki Rumların kökünü kazımak istiyorsunuz. Orada sıfır olacaktık. O zaman benim buraya gelip okumama, iş kurmama ve yerleşmeme de "neden?" diyemezsin. Dışlandığım yeri terk ederken elbette geleceğimi düşündüm. Şimdi rahatım. Burada da dışlamaya kalktılar ama mücadelemi kazandım. Küfür gibi laftır bu Ahmet. Bize 'Türkün tohumu' dediler. Öyle olmadığını ispatlamamız hiç de kolay olmadı. Adamlar alay ediyorlardı bizle burada. Sonra anladılar ki bizim onlara benzeyen çok yanımız var. Tek farkımız çalışkanlığımız. Senin anlayacağın, burada da azınlık kabul edildik. Ama çok şükür artık bu ayrım bitti. Torunlarımız rahat ediyorlar. Şimdi dünyayı dolaşıyorum, ticaret yapıyorum; doğduğum topraklara da gezmeye geliyorum. Ne mutlu bana ki kendime güvenim var.

35- Karma evlilik istemedim

Kolay olmadı adayı bırakıp buraya gelmem. Çok düşündüm. Her geçen gün bir şey içimi kemiriyordu. Çocuklarımın geleceği ne olacaktı? Onlar için geldim Ahmet. Adada kalsaydım karma evlilik yapacaklar diye bir korkum vardı. İstemedim böyle bir evliliği. Çocuklarımın Arap ve Arnavut ortodokslar ile veya bir Türk ile evlenmesini istemedim. Çünkü doğacak çocuklar için problem olabilirdi. Hep görüyoruz. Davul dengi dengine vurmalı. Çocuklarım da aynı fikirdeydi ve buraya geldik. Yoksa işim çok iyiydi. Ama çocuklar önemliydi. Şimdi de alıştık buraya. Ne yapalım kader buymuş. Keşke hepimiz orada kalabilseydik. Nasıl da isterdim çocuklarımın faytona binip kilisede evlenmelerini! Adanın bu güzelliğini yaşamayı çok isterdim; olmadı.

36- Gelmeyenler iyi yaptı

Ne yalan söyleyeyim, şimdi farklı düşünüyorum; gelmemeliydim Ahmet, yanlış yaptım. Hayallerimin ve bana anlatılanların esiri oldum. Hepsi boş ve yalan çıktı. Şimdi anlıyorum ki buraya bizden önce gelen arkadaşlarımızın sıkıntılarına ortak olmak için gelmişim. Onların arkadaşsızlıktan, dostsuzluktan canları sıkılıyormuş, bana ille de gelin burası tam size göre diye yazarlarken. Meğer buranın boktanlığını bildikleri halde bizi çağırmışlar. Gelince gördüm ki her şey zor. Bir defa adamlarla anlaşamıyordum. Dostluk yok, arkadaşlık yok. Bizim arkadaşlarla bir araya gelince rahat ediyorduk ve sabah akşam beraber oluyorduk. Anladım ki biz figüran olarak gelmişiz. Anladım ki benden önce gelenlerin yalnızlığına ortak olarak çağırılmışım. Vre bu ne biçim iş dedim. Olmadı; yanlış yaptım. Artık bu yaştan sonra tekrar geri dönemem.

37- Ahlak çökmüş

Kadınlar çok serbest burada. Evlendim bir Yunanlı ile. Sonra anlaşamadık, ayrıldık. Burada ahlak çökmüş. Hani bir laf vardır, kimin eli kimin cebinde! Allah'tan çocuk olmadı. Dolmuşa geldim Ahmet. Gel, gel dediler; geldim. Şimdi soruyorum kendime, neden geldim. Gelmemeliydim. Yazık oldu bana. Mutsuzum. Burası bize göre değilmiş. Ne arkadaş var, ne dost, ne de akraba. Kadınlar çok rahat. Çok kadın var burada, belki de ondan. Erkek sayısı az. Şimdi inanır mısın emekliliğimi bekliyorum. Adaya döneceğim emekli olunca. Buraya gelirken adadaki şartların olumsuzluğu beni etkilemişti. Şimdi şartlar değişti. Burası ile ada arasında bu yaşımda tercih yapmakta doğru karar verdim. Biliyorsun her sene oraya geliyorum. Anladım ki adasız yapamıyacağım. Benim vatanım ada... Oraya döneceğim. Adada aldığım keyfi burada bulamadım. Geçen yıl Kumsal'a gittiğimde günlerce bir banka oturup denizi seyrederek ağladım Ahmet. Hele döneceğim gün çok fena oldum. Çocukluğum, gençliğim gözümün önünden film gibi geçti. Ben neden adada değilim diye çok düşündüm. Of, çok kötü oluyorum bunları anlatırken. Yeter! Seneye adada görüşürüz Ahmet.

38- Geldikleri köyden konuşuyorlardı

Yaa, ne anlatayım vre sana! Etrafımda adam kalmamıştı konuşacak. Kahveye gidiyordum, alışverişe dükkânlara gidiyordum, hep aynı hatıralar. Adaya yeni gelenler, geldikleri yeri anlatıyorlardı. Köydeki çocukluklarını, gençliklerini dinlemekten sıkıldım. Biz adada kuş ve balık avından, futboldan bahsederdik; yeni gelenler, inekten, koyundan, tarladan bahsediyorlardı. Paylaşacak bir tek ortak konumuz yoktu; sıkıldım Ahmet. Sosyal hayat değişiyordu. Bana ne senin köyünden kardeşim! Yavuklusu ile ineği sağarken nasıl seviştiklerini anlatıyordu adam; bana yabancıydı bu anlattıkları. Samanlıktaki sevişmeleri falan... Bizim çamlarımız, taşocaklarımız vardı sevişmek için.

39- Vecdi Gönül ne dediyse, yaşadıklarımızdır

Neden geldim buralara diye sorma. İşte geçenlerde bir bakan nedenini anlattı. Bizden kurtulmak istiyordunuz. İsmet Paşa'dan beri değişen bir şey yok. İstenmediğim yerde duramazdım. Bak Ahmet, azınlıkları kovmak için hükümetiniz zaten kararlıydı. Bunu her defasında gösterdiler. Benim babam iki defa askere alındı. Senin baban alındı mı? Benim dedem varlık vergisiyle fakirleşti. Senin ailende varlık vergisi ödeyen oldu mu? Kıbrıs için benim akrabalarım sürüldü. Senin ailende adadan sürülen var mı? Ben adada tehdit ediliyordum. Sen hiç tehdit edildin mi? Seninle benim nüfus cüzdanımız aynıysa bu ayrımcılık niye? Demek ki biz istenmiyorduk; demek ki biz vatandaş değil, ikinci sınıf insanlardık. Bu ayrımcılığı sen yaşamadığın için bizim çektiklerimizi bilemezsin. Sadece duyarsın. Acıyı tatmadan acının ne olduğunu insan bilemez. Şimdi ne oldu? Bizi kaçırdınız ama Kürtlerle probleminiz var ve onlar bizim gibi değil. Yani susmuyorlar. Bizi sindirdiniz; halbuki biz oranın çocuğuyduk, oranın kültürüydük, Istanbulluyduk. Gelenlerle nasıl anlaşabiliyorsunuz, merak ediyorum. Biz okulda "Türküm doğruyum" diyorduk, onlar Kürdüm diyor. Hadi bakalım! İşiniz zor. Bizi kovaladınız, onları kovamazsınız da. Burada da aynı dert var: Arnavutlar. Ben kendiliğimden gelmedim buraya. Benim gelmeme sebep olanlar utansın! Beni adadan ayıranlar utansın! Kalamazdım orada. Keşke bugünkü şartlar olsaydı da kalmak için direnebilseydim. Korkuttular beni.

40- Ben Türk vatandaşı Rumum

Mahallede oyun oynadığım arkadaşlarım ile Türkçe konuşuyordum. Evimize misafir gelen komşularımızla Türkçe konuşuyordum. Okulda "Türküm, doğruyum, çalışkanım" diye başlıyorduk güne. Askere gidince bazı gerçeklerle karşılaşmak üzdü beni. Gayrimüslimlerin toplu olarak askere alındığı birkaç ilden birine, Amasya'ya gönderildim. Sonradan anladım ki bu illere gönderilmemizin altında ebeveynlerimizin parmağı var. Torpil yapılıyordu bize. Bu hoş birşey değildi. Demek ki ayrılığı ilk isteyen bizim ailelerimiz. Kimi asker arkadaşlarımızın garip sorularıyla karşılaşıyorduk. Ne gibi mi? Mesela neden camiye gitmediğimiz soruluyordu. Hıristiyan olmamızın onlarca karşılığı "gâvur" ile eşdeğerdi. Sonra terhis ve iş hayatı... Orada da bazı setlerle karşılaşıyorduk. Bu doğrudan doğruya devletin değil, yurttaşın setleriydi. Dinimizden dolayı eşit sayılmıyorduk onların gözünde. Bu beni sıktı. Türk vatandaşıyım ama Hıristiyanım. Okullarda İstiklâl Savaşı'nın bize öğretildiği şekliyle Yunanlılar düşmanımızdı ya; biz de aynı dili ve dini temsil eden Türkiye'deki azınlıklar olarak, Rum olmamıza rağmen çoğu insan tarafından düşman Yunan sayılıyorduk. Bunu anlayabiliyor musun Ahmet? Rum'un ne olduğu ve ne olmadığını anlatamadım o insanlara. Biz Roma İmparatorluğu'nun doğudaki son temsilcileriyiz. Hıristiyanız ve Rumca denen lisanı konuşuyoruz. Yunanlılar ise Helen ırkından gelen ve Grek dediğimiz bir başka ırk. Ama gel gör ki bunu anlatamıyorduk veya anlamıyorlardı. Demokrat bir ülkede, her dilden ve her dinden vatandaşların olması doğaldır. Bak, dünyanın bütün ülkelerinde bu böyle. Her ülkede azınlıkların olmasından daha doğal ne olabilir? Ama biz düşman azınlık olarak kabul edildik. Nutuk atmaya gelince mozaiğin rengiydik, eşit haklara gelince bir adım geride bekleyendik. Bu hoş değil. Ben kendime olan saygımdan ve bir gün her şey düzelirse tekrar geri dönerim diye Atina'ya geldim. Ama gel gör ki burada da insan denen yaratığın aynı olduğunu gördüm. Vatanımda 'ayrılmış vatandaş' idim burada 'ayrılmış yabancı' sayıldım. Lanet olsun! İnsan olmaktan utanıyorum. Bunu hiç haketmiyoruz. Adadan gittiğime, buraya gelince pişman oldum. Keşke gelmeseydim.

41- Sürüldük

Bak vre Ahmetaki, Osmanlı hanedanı nasıl kovulduysa yurdundan, benim akrabalarım da öyle kovuldu 1964'te. Eh bize de göç etmek düştü. 64'te kovulanlar zor günler geçirdiler, sefil oldular tıpkı Padişah'ın sülalesi gibi. Ben akrabalarıma destek olmak, onlarla birlikte olmak için ailemle birlikte 1971'de göç ettim. Rahatımız bozuldu, düzenimiz bozuldu, ekonomimiz bozuldu. Çok acı çektik burada. Kolay değil Ahmet; aynı kültürün adamı sayılan bizler, ayrı kültürün adamı olduğumuzu buraya gelince anladık. Aynı dil ve din ile aynı kültür olunmuyormuş. Yöresel kültürmüş bizi Yunanlı ile ayıran. Oturma, kalkma, yeme içme, kısaca yaşama kültüründe hiç de benzerliğimiz yokmuş. Aynı kültürü paylaştığımız ama onların taşıdığı pasaportlar farklı diye bizden önce sürülenlerle, biz gönüllü sürgünler burada aynı potada birleştik. Biz bize benzeriz Ahmet. Sen de gördün burada; Yunanlı başka, biz başkayız. Hani bilirsin Bülent Ecevit'in bir şiiri vardır:

"Sıla derdine düşünce anlarsın,
Yunanlıyla kardeş olduğunu." diye başlayan.
Vallahi yalan! Doğrusunu burada anladım:
"Sıla derdine düşünce anlarsın,
Türk ile Rum'un kardeş olduğunu." diye yazsaydı sanırım daha doğru olurdu.

Benim seninle olan kardeşliğim, Yunanlı ile olabilecek kardeşlikten daha kuvvetli. Geldik, gördük ama ne yendik, ne de yenildik. Çok şükür ayaktayız bir çınar gibi ama gel de içini sor bu koca çınarın. Hiç açma o konuyu. Sağlığa, şerefe!

42- Her yerde yabancıyız

Sen hiç yabancı oldun mu Ahmet? Hele ki doğup büyüdüğün yerde? Mahalleni değiştirip yeni taşındığın yerde yabancı olmakla, köklerinin olduğu yerde yabancı olmak bir değildir Ahmet. Ben, sülâlemin doğup büyüdüğü ve gömüldüğü yerde yabancı sayıldım. Bunun ne demek olduğunu anlayabilir misin? Bunun adı istenmemektir, kabul görmemektir, git buralardan demektir, kovulmak demektir. Ben bunları hissettiğimde çok yaralandım. O zaman şimdiki gibi güçlü değildim. Kalkıp buralara gelirken yaralıydım, üzgündüm. Buranın yarama merhem olacağına inanıyordum. Gel gör ki burada da yabancı sayıldım. Yaram bir iken iki oldu. Ne yapacaktım? Geri dönmeyi hiç düşünmedim. Mücadele etmeliydim. Başka şansım yoktu. Yabancı olmadığımı, adadayken duyduğum yabancılık ile buradaki yabancılığın aynı olmadığını kabul ettim önce. Buradan başka gidecek yerim yoktu ki. Buradaki Yunanlılarla ne olduğumu çatır çatır anlattığım gibi keşke adadayken adaya sonradan gelenlerle de konuşabilseydim; bugün burada değil orada olurdum, inan bana. Gücümü, korkum yüzünden kaybetmiştim adada. Yunanlılar bizleri 'Türk tohumlu' diye dışlıyorlardı. Onlara Türk tohumlu olmadığımızı, Bizans'tan bu yana Romalı olduğumuzu anlattım. Romyos, yani Rum olduğumuzu anlattım. Dinimizin aynı, bağlı olduğumuz Patrikhane'nin aynı, dilimizin biraz farklı ama genelde aynı olduğunu, vaftizimizin bile aynı olduğunu anlattığımda, sanki yeni şeyler duyuyor olduklarını gördüm. Demek ki adaya yeni gelenler bizi nasıl yanlış biliyorlarsa, buradakiler de bizi yalnış biliyorlardı. Anladın mı Ahmet, buradaki mücadelemi keşke adada verebilseydim, gelmezdim. Şimdi bakınca, orada kalan Rum arkadaşlarımı kıskanıyorum. Keşke burada çektiğim zorlukları adada çekmeyi bilseydim de buraya gelmeseydim.

43- Öteki olmaktan kurtulamadım; cumhuriyet mi hilafet mi var söylesene

Bak kaç gündür seninle yiyoruz, içiyoruz, geziyoruz ve tabii ki konuşuyoruz. Ne diyorsun bana, "şimdi biz öteki olduk". Gördün mü, kültür ve eğitim olarak farklılıklar olunca ve insan kendi ülkesinde azınlıkta kalınca öteki olunuyormuş; haklıyım değil mi? Öteki olmanın ağırlığını kaldıramadım Ahmet. Ben seninle çocukluk arkadaşıyım. Aramızda, ailelerimiz arasında, mahalledekilerle hiç öteki sayıldım mı? Beraber camiye de gittik, kiliseye de gittik. Sen bizim okuldaki törenlere geldin, ben sizin okuldakilere gittim. İnan bana, askerde bile öteki olmadım. Çok sevildim ve sayıldım. Vergi dairesine gidince, nüfus idaresine gidince, muhtarlığa gidince hiç zorluk çekmedim. Neden? Çünkü oradaki memurlar adalı idi. Bizi tanıyorlardı. Aynı kültürün parçasıydık. Ama ne olduysa Allah'ın belası şu Kıbrıs yüzünden oldu. 64 göçünden sonra adaya gelenler, gerek sakinler olarak, gerek değişen memurlar olarak, ayrı kültürün adamlarıydı. İsmimi doğru telaffuz edemeyince soruyorlardı; sen ne milletsin diye. Rum asıllı Türküm dediğimde ikinci soru çok ağırdı; gâvursun yani! Sen ne yaparsın bu durumda? Etrafım bu soruyu soranlarla kuşatılmıştı. Bakışları değişikti. Ötekiydim artık. Dayanamadım ve buraya geldim.

44- Korkutuldum

Bak Ahmet, ben 1964'te yollananların bir gün geri geleceğine inanıyordum. Ama ne zaman ki 1974 Kıbrıs savaşı oldu, sıkıntım başladı. Bize bakışı değişmişti adaya sonradan gelenlerin. Ters konuşuyorlardı. En çok söylenen; sen hala burda mısın? En çok sorulan da; ne zaman gideceksin? Korktum. Sen olsan ne yaparsın? Başvuracağım yer devletimdi. Karakola gidip şikâyetçi oldum beni tehdit edenlerden. Adam inkâr etti. Şahidin var mı dediler? Yoktu ki. Devletim, benim beyanıma değer vermedi. Yalnız kalmak ne demek bilir misin? Daha ne yapabilirdim. Direnemeyeceğimi anladım ve buraya gelmeye karar verdim. Aradan seneler geçti. Şimdi terkettiğim ülkemin Avrupa Birliği'ne girmek istemesi beni şaşırttı. Biz adadayken Avrupa Birliği idik zaten. Bu hava bozuldu. Şimdi bize yapılandan pişman olanlar Avrupa'yı istiyor. Ne büyük çelişki! Neden gidişimize sebep oldular, neden şimdi bizi istiyorlar? Demek ki biz önemliydik. Ben de pişmanım buraya geldiğime. Düzenim bozuldu. Yeniden düzen kurmak, hem de alışmadığın bir yerde, kolay mı sanıyorsun?

45- Vatandaşlığım sorgulanıyordu

Ne konuşayım be Ahmet? Dedem varlık vergisi mağduru, ailem 6/7 Eylül mağduru, sülâlemin bir kısmı 1964 mağduru; eh geldik 1974 yılına, Kıbrıs çıktı. Bundan da ben mağdur oldum. Yahu; vatandaş mıyım, değil miyim diye kendime sormaya başladım.

Elimdeki nüfus cüzdanımda Türk vatandaşı olduğum yazıyor, Türk Anayasası vatandaşlar eşittir diyor; Lozan'a göre ise azınlığım. Bu ne biçim tanım? Azınlıkların hakları sınırlıdır diye yazılsaydı her şey daha açık olurdu. O zaman ben de bazı kontenjanlardan faydalanabilirdim. Askerde bana ezilme kontenjanı uygun görüldü, Rum olduğum için. Üniversiteye girmek için ise eşitlik kontenjanından faydalandım ve istediğim fakülteye giremedim, tıpkı Türk arkadaşlarım gibi. Mahallede eşitliğin olmadığını bana yapılan ayrımcı muameleden anladım ve bay bay dedim. Şimdi kimse senede bir veya iki kere adaya gitmeme anlam veremiyor. Ne buradaki arkadaşlarım, ne de oradaki arkadaşlarım. Ama sen bil Ahmet, anamın ve babamın mezarlarını ölüm yıldönümlerinde ziyaret ediyorum ve Ay' Yorgi'ye çıkıp duamı ediyorum. Neden beni ülkemi terke zorladılar, neden? Şimdi zorlayanların pişmanlığı kadar, benim de terk etmekten dolayı pişmanlığım var tabii ki. Direnmeliydim.

46- Histeri başlamıştı

Ahmet, Rumlar çorap söküğü gibi hızlı bir şekilde Atina'ya göç ediyordu. Durmuyordu göç. Histeri halini almıştı gidişler. Çözülme öyle hızlıydı ki düşünmeye bile fırsatım olmadı. Akıntıya kapıldım ve ben de göç ettim. Buraya gelirken hiç bir şey getirmedim, paramdan başka. Valiz bile yapmadım. Zaten evim kiraydı. Bir gün Tahtakale'den bir eskici çağırdım ve giyeceklerimi, mutfak eşyalarımı, ev eşyalarımı ne var ne yoksa toptan ona sattım; adamı evde bırakıp kapıyı çektim ve gittim. Ben uçağa binip Atina'ya vardığımda eskici daha evi topluyordu. Burada işe girmem kolay olmadı. Çok süründüm. İş bulmam zor oldu. Buralara gelmek çok ağırıma gitti. Türkiye'de zorluklarla karşılaşıyordum ama burada zorlanmak ağırıma gitti. Geldiğime pişman oldum ama direndim ve kazandım. Kazandım ama ruhen çok şey kaybettim. Kişiliğim bozuldu. Adanın hasretiyle yaşamak çok zor…

47- Vicdanım sızlıyor

Eh karar verdim ve buraya geldim. Gelmeliydim çünkü. Korku başlamıştı. Askerlik gelmişti. Askere gitmek istemiyordum; korkuyordum. Dayak yemekten korkuyordum. Kaçtım ben. Evet kaçtım. Buraya gelince iş buldum, eş buldum, evim oldu, çocuklarım oldu. Ama bir tek şey beni geldiğim günden beri bırakmadı. Vicdanım rahat değil. Köpeğimi ve kedimi bırakıp gelmenin günahını hep taşıyorum. Kendimi affetmiyorum.

Ahmet bilirsin, biz Rumlar hayvana, ava ve balığa meraklıyız. Hemen hemen her Rumun evinde tüfek, çifte bulunduğu gibi, kuş kafesi ve balık takımı da bulunurdu. Önce balık tutmayı sahilden yapardık, hatırlarsın. Ne bol balık vardı adada! Durumu müsait olanların sandalı ve motoru olurdu. Oltacılık, çapari ve parakete ile balıklar tutulurdu. İstrangiloz, izmarit, mercan, barbunya, tekir, sinarit, hanos, lapin, kupes, ispari, gümüş, palamut, torik, lüfer, çinakop, kefal, karides, ıstakoz, pavurya, ihtenya(tarak), istiridye, midye, alyanak, dülger… Aklımda bunlar kaldı. Şimdi burada balığa çıkmıyorum. Evlerimizde muhakkak ökseyle yakaladığımız bir kuş beslerdik. Kimi arkadaşlar üretirdi de. Kanarya, florya falan... Tuğrul sağ mı? Bak o çok iyi kuşçuydu. Bir de ava giderdik. Adada çulluk, bıldırcın olurdu. Bazen de karşı kıyıda, Yalova'da ava giderdik. Eh ava gidenin av köpeği olmalı değil mi? Benim de beslediğim av köpeğim vardı. Bir de kedim vardı. Burada ne kedi, ne de köpek besliyorum. Adada bıraktıklarımın acısını hep yaşıyorum. Sanki oraya gelsem, o kedi ile köpek yüzüme tükürecek zannediyorum. Onun için de bir daha adaya gitmedim. Tek pişmanlığım onlardan ayrılmak oldu. Ada benim için artık öldü, tıpkı köpeğim ve kedim gibi.

48- Evin zararsız oyuncağıydık

Bizi zararlı yaratık olarak görmelerine dayanamadım Ahmet. Tabii seni tenzih ederim. Ama adaya sonradan gelenler öyle gördü bizi. Korktuk tabii. İnsan nedense kendinden olmayanı yabancı görüyor. Burada da öyle görüldük. Sanki hastalıklıydık, mikrop saçıyorduk. Halbuki biz adanın yerlisiydik, karakteristiğini oluşturan önemli bir cemaattik. Bizden kime ne zarar gelmiş, Allah aşkına söylesene! Sizin gibiydik. İki farkımız vardı; biri dinimiz, diğeri dilimiz. Bugün bizden boşalan yere kimler geldi? Yahudiler ve Kürtler... Memnun musunuz?

Biz adada sanki evin zararsız oyuncağıydık; zararsız da demeyeyim faydalı oyuncağıydık. Komşuluğumuz güzeldi, ustalığımız, kalfalığımız güzeldi, kültürümüz güzeldi. Allah için söyle, kimden öğrendin rakı içmeyi? Evinin bir arızasında kim koştu tamirata? Hastalanınca ilk kimi yanında görüyordun? Bayramların, yortuların tadına varıyor musun şimdi? Gördün mü, cevabında hep bizim isimler var.

Şimdi doğudan gelenlerden şikâyetçisiniz, tıpkı burada Yunanlıların Arnavutlardan şikâyet ettikleri gibi. Yahudiler gibi pazarlık mı yapıyorduk? Bizi çok kırdılar Ahmet. Kalsak da olurdu ama o günün şartlarında adada oturmak zordu. Kalanların şimdi kıymete bindiğini duyuyorum da şaşırıyorum. Keşke ben de kalabilseydim; olmadı, dayanamadım.

49- Türkiye'de Rum olarak yaşamak kolay değildi

Hatırlıyorum, sen bir zamanlar İngiltere'ye gitmiştin. Orada altı ay kadar kaldın. Yabancılık çektin mi? Adayı özledin mi? Neden geriye döndün? Hah işte bak ne diyorsun, o zamanlar yabancılar istenmiyordu Londra'da. İşte biz de adada istenmiyorduk. Ada göç alınca gelenlerin kültürü, oranın yerleşik kültürüne uymadı. Bizi gâvur olarak görüyorlardı. Onlara göre gâvur, onlardan olmamaktı. Onlara göre gâvur, düşmandı. Onlara göre gâvur, dinsizdi. İnsan değildi. Kolay mı bunlarla bir arada yaşamak? Her gün ama her gün tedirgin yaşamak kolay değildi Ahmet. Sanki Kıbrıs'taki Rum bizdik. Biz yabancı muamelesini hem yeni gelen ada sakinlerinden, hem de yeni tayin edilen devlet memurlarından görüyorduk. Hükümette işim var, gidiyorum ismimi söylüyorum, memur diyor ki bu ne biçim isim? Türkçede böyle isim yok. Sen gâvur musun? Sana ne benim ismimden be kardeşim! Ama amaç ismim değil, benim kimliğim. Muhtar hariç ki o biliyorsun adalı, her yeni gelen memurla isim konusunda başlayan soru-cevap giderek sorun oluyordu.

Rum olarak kalmamız zordu. Biz sakıncalıydık yeni gelenler için. Şimdi adaya gezmeye geldiğimde niye gittiniz diyorlar. Bizi otuz sene önce gâvur görenler şimdi bizi aramaya başlamış. Bu da iyi bir gelişme bence. Anladılar ki biz de adalıyız. Gitmeden önce biri bana ne dedi biliyor musun Ahmet? Niye cumaya gelmiyorsun? Yani benim dinimin ne olduğunu bilmiyordu. Beni Alevî mi sanıyordu acaba?

Burası da ayrı bir dertti geldiğim zaman. Burada da soruyorlardı; sen Türk'sün değil mi? Ulan adımı söylüyorum, Hıristiyan ismi. Olsun diyor, isim önemli değil; nereden geldiğini biliyorum, o önemli. Gel de anlat adama! Senin anlayacağın, azınlık olmak her yerde dert. Dayan dayanabilirsen. Ha, diyeceksin ki burada nasıl dayandın da adada dayanamadın? Buradakilerle din ve dil farkımız yok, adada bu büyük problem olmaya başlamıştı. Neden seninle problemimiz olmuyordu da yeni gelenlerle oluyordu? Demek ki seninle aynı kültürdendik de ondan. İnsan onurum buraya gelmeme yetti, mücadele etti ve kazandı. Şimdi ada benim için güzel ve acı anılarla dolu eski evim gibi. Gene gelip ziyaret ediyorum, orada da yaşıyorum. Ama artık anılarımla.

50- Ta Fota, Karnaval yok oldu; gittim

Anlatsana Ahmet bizim zamanımızın yortularını. Bizimkiler hızlı bir şekilde adadan gitmeye başlayınca yortularımızı kutlayamadık sokaklarda eskisi gibi. Korktuk vre. Evvelden haçı suya attığımız Fota yortusunda yüzüp çıkaranlar arasında Türkler de olurdu. Uzun süre haçı suya atma törenleri yapılamadı biliyorsun, ta 2000 yılına kadar.

Eh, karnaval dediğimiz maskara zaten yok olmuştu. O çeşit çeşit kıyafetler ve maskelerle ev dolaşmalarını unutmuştuk. Adaya yeni yerleşenler bizim bayramlarımızda bizi tebrik etmiyorlardı. Biz onların bayramını tebrik edince de garipsiyorlardı. Bir anımı anlatacağım ada ile ilgili, şaşırırsın. Paskalyada çörek ve yumurta götürdüğüm yeni komşum almadı biliyor musun? Biz böyle şey yemeyiz dediler ve kabul etmediler. Eh ben bu adamlara ölümlerin ardından dağıttığımız kolivayı nasıl vereyim? Herhalde onları yerlerse Hıristiyan olacaklarını zannediyorlardı. Bu kadar cahilliğin olduğu yerde geleneklerimizi bile unutabilirdik belki.

Sen Kurban Bayramında, Muharrem ayında bize et ve aşure getirirdin. Bunlar bunu da bize getirmiyordu. Hani ne derler tecrit ediliyorduk, ayrı biliyorlardı bizi. Sen olsan ne kadar dayanırsın? Gidişimin nedenlerinden biri de bu oldu.

Burada da ayrı bir cepheyle savaştım tabii. Ulan burada da yabancıyız ya! Türk dediler bize. Ne biçim insan bunlar be? Orada sizin cahillerle uğraşamadım ama buradaki cahillere çok anlattık. Kiliseye bile gidişimizi yalandan zannediyorlardı. Atina'ya gelerek zorla Hıristiyan olan Türklerdik Yunanlılar için. Önceleri hayal kırıklığına uğradım ama sonradan boş vermeyi öğrendim. Eh adada rahatsız olmuştum; burada niye rahatsız olayım, onlar düşünsün dedim.

51- Rumları hedef alan haksızlıklar

Seninle değişik bir ortamda yazdığın kitaba bağlı kalmadan arkadaşça, dostça, iki adalı eski komşu olarak konuşmayı isterim Ahmet. Şimdi ne sen rahatsın, ne de ben rahatım. Konuşulacak çok şey var aslında.

Ben, biliyorsun, son gelenlerin en sonuncusuyum. Biz Rumlara yapılan haksızlıkları bireysel olarak ele almak yanlış. Evet; birey olarak bize yapılan haksızlıklardır konu olan ama bunu belli bir amaçla hazırlayan bireyler değil, hükümetler olmuştur. Onun için ben bana yapılanlar karşısında dik durdum, korkmadım, savundum ve kazandım. Onun için de sevildim ve sayıldım.

İçine kapanık bir toplum olarak yaşamak kolay değil Ahmet. Ha, buna rağmen kalıp hayatlarını idame ettiren yok mu? Var tabii; işte Lefter, işte Fedon, işte Prof. İoanna Kuçuradi, işte Panayot Abacı, işte Yani Kalamari, işte Buzdolapçı Taki ve daha birçokları. Ama kaç kişi? Çok az...

Burada esas konuşmamız gereken, devletin azınlık vatandaşlarına karşı negatif tutumudur. Neden Ruhban Okulu açılamıyor; neden vakıf mallarına el kondu; neden vakıf mallarını tamirine zor izin veriliyor; neden kiliselerden su-elektrik parası alınıyor da camilerden alınmıyor; neden ben subay, polis, devlet memuru olamıyorum; neden işgal edilmiş gayrimenkullerimize giremiyoruz? Laik bir ülkede imam hatip okulu varsa, papaz okulunun da olması gerekmez mi? Bunları konuşalım. Demek ki belirli amaçlar düşünülerek haksızlıklar yapılıyor. Şimdi bana diyeceksin ki Batı Trakya'da da bunları Yunan hükümetleri yaptı. Doğrudur; ama gidip gördün işte, bunlar eskide kaldı. Şimdi orada yaşayanların bir Yunanlıdan farkı yok artık. Benim ülkemde de bunlar düzeltilmeli artık.

Nasıl ki benim hafızamdan anılarımı silemezlerse, biz adalı Rumları kaçırmakla, beraber yaşadığımız o ihtişamlı günleri ve kimliğimizi yok sayamazlar. Şimdi yazdığın kitapları okuyunca ve adanın altın çağını birlikte nasıl yaşadığımızı hatırladıkça, bizle beraber oraların kimliğini kaybettiğini anlıyorum. Geriye dönebilsek keşke; birey olarak değil, toplum olarak geriye dönebilsek; dönebilsek de adanın eskiden ne olduğunu ve bugün ne olmadığını cümle âleme gösterebilsek.

52- Vatandaş Türkçe konuş

Ailem ben çocukken geldi buraya. Babam derdi ki; ana dilimizi konuşmamıza engel oluyorlar. Olmaz öyle şey, hadi gidiyoruz dedi ve 64'te geldik. Şimdi çift pasaportluyum. Ne biçim şey bu ya! İnsanı anadilinde konuşmaktan men edebilir misin? Sonra anladım ki "Vatandaş Türkçe konuş, konuşmayanı ikaz et" sırf bizim için yaratılmış bir slogandı. Yahudi, Ermeni ve Kürtler kendi lisanlarını konuşabiliyordu. Ya İngilizce, Fransızca, Almanca ve İtalyanca konuşanlara ne demeli? Onlara bir şey yoktu. Anladım ki bu sloganın doğrusu; "Vatandaşsan Rumca konuşma" hedef kitle doğrudan doğruya biz Rumlardık. Bunun faşist bir uygulama olduğu açıkça belliydi.

Babam dedi ki bugün böyle başlar, yarın daha çok baskı olur; hadi yürüyün gidiyoruz. Biz kendi rızamızla, kötü şeyler yaşamadan geldik. O günlerde iyi ki gelmişiz demiştim. Seneler sonra adaya gittiğimde, keşke gelmeseydik dedim. Ada hep burnumda ve gözümde tüttü. Çocukluğumun sokaklarını, evlerini, eşekleri, arabaları, bisikletimi ve denizini özlediğimi oraya gidince anladım ve Atina'ya dönünce çok sarsıldım. Tam otuz sene sonra Büyükada'ya geldiğimde, sabahın karanlığında otelden çıkıp Kumsal'a gidiyor, denizi, güneşin doğuşunu seyrederken ağlıyordum Ahmet. Bu güzel memleketimi neden bıraktık diye…

53- Ekonomik ve sosyal hayat bozuldu

Sana bir şey söyleyeyim mi Ahmet, sen ve senin gibiler nasıl adadan ayrıldıysa, farzet ki biz de o nedenle ayrıldık. Bizim cemaattekiler gidince sosyal hayat bozuldu. Kiminle ne konuşacaktık vre Ahmetaki? Şekil olarak aynıydık ama kafa olarak farklıydık yeni gelenlerle. Eh bir de ekonomi kötüye gidiyordu. Yoklardan geçilmiyordu. Karaborsa almış başını gidiyordu. Ne gaz vardı, ne Sana yağı. Yer değiştirmek benim için şart olmuştu. Ben de kalkıp buraya geldim.

Burada da çok mücadele ettim. Kolay olmadı; her şeye sıfırdan başladım. Allahıma şükürler olsun ki başardım. Burada gözümde tüten tek şey ada ve sizlersiniz. Yazın oraya geliyorum, sizi de görüyorum ama yetmiyor. Adaya olan açlığımı burada gideremiyorum sizler gelseniz de. Tura gidip kocayemiş yemek, mimoza koparmak, ağacından erik ve çağla bademi toplamak, balık tutmak istiyorum ama hepsi yazın on beş gün içinde olmuyor ki. Yağmurdan sonra çamlara gidip mantar toplamayı özledim. Çini sobada ısınmayı, mangalda kahve pişirmeyi özledim. Ada'dan ayrıldık, şehre geldik. Burası şehir. Alışmamız zor oldu.

54- Yortu'muzda Kur'an dağıtılıyor

Ben Atina'ya en son gelenlerdenim. Emekliliğimi Türkiye'de kazandıktan sonra kalkıp geldim. Çocuklarım çok önceden gelip işlerini ve evlerini kurmuşlardı zaten. Ben adada yalnızlıktan sıkıldığım için geldim buraya. Düşünsene Ahmet, kaç kişi kaldık orada? Bildiğim kadarıyla, ben gelmeden önce yüz kişiydik; bugün otuz kişiden bahsediliyor.

Bizim cemaat gittikten sonra ada o kadar değişti ki, benim adam olmaktan çıktı. 23 Nisan Bayramındaki coşkuyu törenlerde göremiyordum. Törenin rengi azalmıştı. Bir de biliyorsun, o gün bizim Ay' Yorgi Kilisesinin günüdür. Törenden sonra çocuklarımızla tepeye çıkardık. Şimdi hem iskele meydanında, hem de kilise yokuşunda sakallı birileri Kur'an-ı Kerim ile Adnan Hoca diye birinin kitaplarını bedava dağıtıyorlar. Ayıptır be! Yani bizim otuz kişilik yok olmuş cemaatimizden mi korkuyorlar, yoksa siz Müslümanların artık âdet haline gelmiş olan kilise ziyaretine mi engel olmak istiyorlar?

Bu adamların dindarlığından şüphe ediyorum. Ulan dağıtacaksanız bu kitapları Ramazan'da, dinî bayramlarda, cuma namazlarında dağıtın be! Hem her Müslümanın evinde bir Kur'an yok mudur? Bu saygısızlığa kimse ses çıkartmıyor. Üzülüyordum bu olanlara. Yani beni mi dinimden ayıracaklar, yoksa Müslümanlara dinlerini sokakta mı öğretecekler? Siz ses çıkartmıyorsunuz ama bana göre, bu yapılan millî bir bayramı da sabote etmektir. Bunlar Cumhuriyet düşmanı be Ahmet. Yazık, çok yazık! Kitapları bitirmek için insanlara üçer beşer veriyorlar. Sonra da diyecekler ki Büyükada'da şu kadar bin kitap dağıttık. Ulan, dağıttıkları kitap kadar insan yok ki adada! O Adnan Hoca denen adamın kitabına şöyle bir baktım, palavradan başka bir şey yok.

Benim adam bu değildi Ahmet. Benim adam yok oldu. Yahu

bir kişinin on tane kitap aldığını gördüm. Ne yapacaksın bu kadar kitabı diye sordum. Ne dedi biliyor musun? Yerlere atılmasın, günah olur bari ben alayım eve götüreyim, günün birinde belki sana veririm. Bu ne biçim mantık?

55- Evimi satın alan kötü davrandı

Ben Atina'ya gelmeyi, işlerimin Istanbul'da bozulması üzerine kafama koymuştum. Eski işler yoktu Ahmet. Anadolu'dan gelenler piyasaya yerleşince benim işlerim zayıfladı. Eh, bir de azınlığın mensubu olunca ve müşterilerimin çoğu göç edince, bana yol göründü deyip buraya gelmeye karar verdim. Bunu da bir yıl içinde gerçekleştirdim. Senin anlayacağın, kaçar gibi pat diye gelmedim.

Evimi sattığım adama evde bir yıl daha oturacağımı söyledim ve anlaştık. Bu arada işlerimi tasfiye edecektim. Daha altı ay dolmadan evimi satın alan adam: ne zaman gideceksin, benim eve geçmem lazım, tamirat tadilat yapacağım, çocukların odasını yapacağım, diye kafamın etini yemeye başladı. Ulan evi satarken anlaştık işte, nedir bu şimdiki tavrın diye sorunca küstahlaştı, asabımı bozdu. Ben de yazı adada geçirmeyi planlarken, lanet olsun dedim ve baharda Atina'ya geldim. Oradan ayrılışımda en çok içime koyan bu davranış oldu. Seneler sonra ziyarete gittiğimde evin önünden bile geçmedim. Satın alan bu bey beni görünce hoş geldin bile demedi. Adam zannetmiştim, yanılmışım. Adada kimler yaşıyor bizden sonra, bak işte!

56- Adımı değiştirdim

Bak senin adın Ahmet. Bir de lakabın var. Benim adım hiç olmadı piyasada. İş hayatında kullandığım ismim Türkçe idi. Buna mecbur hissettim kendimi. Piyasada Türklerle alışveriş etmek, tutunabilmek için şarttı bu. Kanuni bir şart değildi tabii; çevrenin baskısı beni isim değiştirmeye mecbur etti. Piyasayı bilirsin; biz azınlıkların bir kısmı, Rum olsun, Yahudi veya Ermeni olsun Türkçe isim kullanırız.

Bak Ahmet, hatırlıyor musun bir cuma günü öğlen saatlerinde bana gelmiştin ve dükkân kapalıydı. Ben her cuma öğle vakti dükkânı kapatıp, Taksim'den Sirkeci'ye mal almaya giderdim. Esnaf da benim cuma namazına gittiğimi zannederdi. Çünkü sorarlardı, hangi camiye gittiğimi. Namazın bittiği saatte Yeni Cami'den çıkan kalabalığa katılırdım. Zamanlamayı iyi yapıyordum ve bunun faydasını görüyordum. Bir gün o kalabalığın içinde beni gören bizim piyasadan bir arkadaş etrafa bunu söylemişti. Ve bu haber bana kadar ulaştı. Bu durum hoş değildi. Ama çevre beni bunu yapmaya zorluyordu. Bu oyun daha ne kadar sürecekti? Göç etmemin belki de son sebebi bu olabilir ama cidden yorulmuştum kimliğimi gizlemekten. Buraya gelince de bu Türk ismim beni bırakmadı. Arkadaşlar beni o ismimle çağırıyorlardı. Yunanlılara bunun lakap olduğunu kabul ettirmek kolay oldu ama arkadaşlar yine Türk ismimle hitap ediyor.

57- Rehin gibiydim sanki

1964'te buraya gönderilenlerden sonra kimyamız bozuldu Ahmet. Düzelmemiz uzun sürdü. Tam rahata erdik, 1974'te Kıbrıs olayı tekrar patladı. Bu sefer sıra bize geldi dedik. Devlet bir şey yapmadı Allah için ama vatandaşların davranışları kötüydü. Sen bilmiyorsun, baban benim üzgün halimi görünce cesaret verdi bana. Dik dur dedi, sen Rumsun ama Türk vatandaşısın, askerlik yaptın, vergi veriyorsun, seçmensin, göğsünü gere gere dolaş dedi. Dedi ama mahalledekilerin bakışı farklıydı. Öyle bir psikoloji içine girdim ki, bir gün beni de yollayacaklar diyordum. Kendimi vatanımda rehinmişim gibi hissediyordum. Her Kıbrıs olayında huzurumuz kaçıyordu. Eh konu komşularımız, akrabalarımız ve arkadaşlarımız olan Rumlar da yavaş yavaş göçe başlayınca, sıra bana geldi diyerek tası tarağı toplayıp geldim. Yani şunu anla Ahmet, kendi vatanımda sanki gözaltındaydım. Sıkılıyordum bu durumdan. Sen anlayamazsın belki ama öyle işte. Etrafımdaki gözler bana dikilmişti.

Buraya gelince ne mi oldu? Çok zorluk çektim tabii. Benden önce gelenler yardımcı olmadılar. Kendimi arenada aslanın parçalayacağı gladyatör gibi gördüm, yalnızlık çektim. Ama başarmalıydım. Direndim. Zordu hayat ama başardım. Orada rehin gibi hissediyordum kendimi, burada ise çalışmaya mecbur köle gibiydim. Para kazanmaya başlayıp da ev, araba alıncaya kadar böyle hissettim. Çocuklarım okulda zorluk çekti. Lisan aynı ama şive farklıydı. Hep Türk olarak yabancı olduk burada Yunanlılar için. Tıpkı şimdi Arnavutlara davrandıkları gibi bize hoş bakmadılar. Çalışkanlığımızı yadırgadılar. Öyle işte...

Şimdi şartlar değişti; Türkiye çok ilerledi. Yılda bir kere adaya gidiyorum, her şey çok değişmiş. Ama insanlar aynı. Yine bize yabancı gözüyle bakanlar var. Burada ise kabullendiler. İçimdeki Büyükada özlemi bitmez Ahmet. Ada ile artık öldüğüm zaman mezarımda buluşacağım; eşime ve çocuklarıma vasiyetimdir. Benim mezarım adada olacak dedim.

58- Keşke evimi satmasaydım

Biliyorsun Ahmet, ben buraya çalışmak için geldim. Askerliğimi bitirdikten sonra çok iyi bir iş teklifi aldım buradan. Adada sadece annem kalmıştı hayatta. O da seneler sonra ölünce ve benim Atina'daki işim güzel olunca, sermayemi arttırmak için oradaki evimizi satmaya gittim. O zaman evimin değerinden düşük satılması beni üzdü. Satmamalıydım. Ama ne yapayım ki deprem adada emlak fiyatlarını düşürmüştü. Geriye dönmeyeceğime de inanmıştım. Şimdi evimi sattığıma pişmanım. Her yıl adaya gidip on beş gün kalıyorum. Keşke satmasaydım diyorum ama çok geç. Ha şunu da düşünmüyor değilim; uygun fiyata bahçeli bir ev bulursam almak istiyorum. Kısmetse olur. Anılarımı adada bırakıp buraya gelmek zormuş. Şimdi anladım. Orada dolaşırken bakıyorum da, her yerde bir hatıram var. Yürürken durup o anıları yaşıyorum. Buraya dönünce hüzün kaplıyor içimi. Yaşlanıyoruz be Ahmet. Gözyaşımla ikiz oldum.

59- Vatanım Büyükada

O doğup büyüdüğüm Büyükada var ya, o benim vatanım. Buraya gelmekle vatanımı inkâr mı ettim? Yoo... Benim vatanım orası. Nasıl ki bir ülkeyi anlatırken, oranın tarihi ve turistik yerlerini anlatıyorlarsa, insanını da anlatıyorlar. Ben böyle biliyorum. Benim adım oranın kütüğünde yazılı. Benden çok sevemezsin sen Ahmet Büyükada'yı. Benim asırlardır orada yaşamış ve ölmüş insanlarım var. O mezarlık durdukça benim adım silinemez Büyükada'dan. Benim yaptığım binalar halen duruyor. Benim imzam onlar; silinmezlerim.

Evimi gördün, yatak odamda Türk bayrağı ve salonumda Atatürk fotoğrafı hep duruyor ve duracak. Buraya geldiğimde bana da "hey Türk baksana" dediler. Evet, ben Türk'üm, Rum asıllı Türk'üm dedim. Senin başbakanın nasıl Yunan asıllı Amerikalı ise ben de öyleyim işte dedim. Sustular. Benim dedem Çanakkale'de gazi oldu. Ben gazi torunuyum. Ailemin kanıyla sulanmış topraklardan beni kimse atamaz, kovamaz.

Ben kendi isteğimle buraya para kazanmaya geldim. Pasaportum ve kimliğim Türk. Yunan vatandaşı olmadım. Her Türk vatandaşının Avrupa'da çektiği sıkıntıyı ben de çekiyorum. Bir de üstüne üstlük Türkiye'ye, yani vatanıma gelince sıkıntı çekmek ağırıma gidiyor. Yaz bunları Ahmet, yaz da bilsinler. Bize gâvur demek o kadar ucuz değil kardeşim. Bendeki vatan sevgisini kimsenin kantarı ölçemez. Allahıma bin şükür ki burada da, orada da alnım açık, başım dik. Burada vatan hasreti çektiğimde, atladığım gibi uçağa gidiyorum vatanıma.

Arkadaşlarımı unutmadım. Bilmezsin sen Ahmet, ölen arkadaşlarımın mezarını ziyaret ederim her sene Büyükada'ya geldiğimde. Yaşım ilerledikçe hassas olmaya başladım. Mezar yerim zaten adada hazır. Şaşırdın değil mi? Adada ne evim var, ne barkım ama cansız bedenimin sığacağı toprağım var; işte o bana yeter. Beni bilmeyenler arkamdan gâvur demiş, ne yazar! Beni benim dışındakiler anlasa ne olur, anlamasa ne? Bir laf vardır bilirsin; it ulur, kervan yürür diye. Ben kendimi biliyorum ya, bu yeter bana. Neden başka ülkelere çalışmaya gidenlere kötü davranmıyorlar da bize kötü gözle bakıyorlar adada? Haksızlık bu! Benim sevgimin adada yaşamamakla ölçülemeyeceğini bilsinler.

60- Sermayesi bitti adanın

Vre Ahmet, biz adadayken bereket vardı be! Nüfus ne güzeldi! Siz vardınız, biz vardık; hatırlar mısın havra bile açıktı. Evet, tabii, kıştan bahsediyorum. Esnaf iş yapardı be. Bizimkiler göç edince adada adam kalmadı be! Siz de gittiniz Istanbul'a. İnsan kalmadı. Eh inan bana ben de sıkıldım, geldim buraya. Şimdi bakıyorum da... Havalar güzel olunca insan geliyor adaya, hava kötü olunca gelen giden yok diyorsun. Yani adanın sermayesi güneş! Güneş olunca iş var, güneş yok olunca iş yok. Tembellik iş oldu.

Kışın adaya gittim, üç gün kalamadım. Akşam saat beşte bazı dükkânlar kapanıyor, sokaklarda adam kalmıyor. Evvelden böyle miydi? Sahilde bir lokantaya girdim, benden başka masa yoktu. Hepsi kapatıyor. Ada çok değişmiş. Gelmeyip de ne yapacaktım? Eh ben de en çok ailemi, çocukları düşünerek geldim buraya.

Ah o hatıralar, işte onlar güzel be. Onları anlatıyoruz birbirimize burada. Ava gidişimizi, çullukları, bıldırcınları... Ya deniz? Ne bereketliydi deniz vre? Şimdi çok balık yokmuş. Ne dedin? Evet, evet; bizle beraber balıklar da göç etti. Deniz de kurudu vre Ahmetaki.

61- Bana göre

Bildiğin gibi ben ilkokuldan sonra eğitimimi yurt dışında yaptım Ahmet. Almanya'da yüksek okulu bitirip oraya yerleştim, bir Alman hanım ile evlendim ve emekli olana kadar orada çalıştım. Ben diğer adalılar gibi düşünerek Atina'ya gelmiş değilim. Tatilimde, yaz aylarında hep adadaydım.

Çok okuyan biriyimdir, bilirsin. Türk-Yunan ilişkileri, Türkiye'deki Rumların durumu, Almanya'daki Türkler ve Yunanlılar üzerine kitaplar, dergiler, makaleler okudum, konferanslar izledim, gözlemler yaptım. Senin anlayacağın, ne olduğumu bilmek için çok çaba sarf ettim. Almanya'da küçük bir Türkiye ve minik bir Yunanistan gördüm, onlarla birlikte yaşadım. Bir Türkiyeli Rum olarak "neredeyim, nerede olmalıyım"ı kendime çok sordum. Çıkardığım sonuç üzerine doğduğum yere ait olmama rağmen orada oturamayacağımı anladım. Ve Almanya'dan Atina'ya geldim.

Türkiye'deki azınlığın bir bölümü olan biz Rumlara karşı sistemli bir bıktırma, doğduğu yeri terk etmeye zorlama politikası uygulanıyor. Bunu uygularken de hep Kıbrıs bahane edildi. Ben Kıbrıs adalı değil, Büyükadalı bir Rum'um. Bana, yani biz Rumlara revâ görülen bu haksızlık maalesef durmuyor. O zaman benim adaya dönmemin anlamı yok dedim. Şimdi hem Almanya'da hem de Yunanistan'da evim var ve dünyayı geziyorum, doğduğum topraklara da üzülerek söyleyeyim ki turist olarak geliyorum. Bana göre çok yanlışlar yapıldı ve biz istenmeyen cemaat olduk. Eğer yazacağın kitapta Rumlara karşı uygulanan bıktırma politikasının nasıl başlayıp geliştiğini yazabileceksen, sana tek tek yazılı olarak vereyim.

1925'te Patrik VI. Konstantinos sınır dışı edildi,

1932'de bazı meslekler Türk olmayanlara yasaklandı,

1935'te azınlık okullarına Türkçe ders kondu,

1936'da azınlık vakıflarından gayrimenkullerini beyan etmesi istendi,

1938'de azınlık okullarına Türk müdür muavini atandı,

1941'de azınlık mensubu erkekler özel birliklerde askere yeniden alındı,

1942'de azınlıkları sıfırlayan varlık vergisi kanunu çıkarıldı,

1955'te Istanbul ve İzmir'de 6/7 Eylül vandalizmi yaşandı,

1957'de Fener Patrikhanesi'nin yurt dışına atılması için basında yoğun bir kampanya başlatıldı ve bazı Rumlar zararlı faaliyeti var sayılarak sınır dışı edildi,

1958'de Galata Rum kilisesi yıkıldı,

1964'te Yunan tebaalı Rumlar zararlı faaliyetleri var sayılarak toplu halde sınır dışı edildi, banka hesapları ile gayrimenkulleri bloke edildi; Lozan antlaşmasına göre, Ortodoks din adamlarının Rum okullarına girip dua etmeleri yasaklandı ve Türk-Yunan vize anlaşması iptal edildi,

1971'de Heybeliada Ruhban Okulu kapatıldı,

1974'te azınlık vakıflarından, 1936 beyannamesinden sonra elde ettikleri gayrimenkulleri geri vermesi kararı alındı. Ve bu gayrimenkuller gasp edildi.

Bu sistemli bir çalışmadır Ahmetciğim. Gel şimdi sen benim yerimde ol da tekrar adaya dön. Sen olsan döner misin?

62- Bana göre de;

Bu soruya cevap niteliğindeki karşı konuşmamı ben de dipnot olarak siz okuyucumla paylaşmak istediğimden araya giriyorum, izninizle;

Dersini güzel çalışmışsın, dediklerin doğru ama eksik. On yıl aradan sonra 1984'ten itibaren bu anlattıklarının düzeltilmeye başladığını neden görmezden geliyorsun? İki ülke arasında giderilmeye çalışılan sorunlar çerçevesinde, gerek Türkiye Rumlarının, gerekse Batı Trakya Türklerinin durumu normalleşiyor. Dileğim sorunların hızla giderilmesidir. Şunları da bilmeni isterim;

Gayrimenkuller üzerindeki blokaj kaldırıldı,

1964'te sınır dışı edilen Yunan vatandaşı Rumlara vizesiz Türkiye'ye giriş hakkı verildi, Patrikhane'nin tamirine izin verildi,

Bloke edilen gayrimenkuller sahiplerine verildi,

Devlet televizyonunda ilk defa Fedon Yunanca şarkılar okudu, özel tv'ler onu izledi,

Yunan şarkıcıları konserler verdi, gece kulüplerinde çalışmaya başladı,

6/7 Eylül olaylarıyla ilgili fotoğraf sergisi açıldı, konferanslar verildi, TV programları yapıldı, kitaplar yazıldı, filmler çekildi,

Kiliseler tamir ediliyor,

Yunan iş adamları Türkiye'de yatırımlar yapıyor, banka alıyor,

Azınlık vakıflarına ait el konan gayrimenkuller tazminatla birlikte geri veriliyor,

Vatandaşlıktan çıkan Rumlara istedikleri takdirde yeniden vatandaşlık veriliyor,

Üniversitelerde azınlık mensuplarının talebi halinde, dini günlerde izinli sayılabiliyorlar.

Ya Yunanistan'daki Türk azınlıklar? Onları da bir konuşalım istersen:

Onlara, içinde "Türk" kelimesi geçen dernek kurma hakkı hala verilmiyor,

Dinsel uygulamalarda zorluk çıkartılıyor,

Onlardan "Türk" değil, "Müslüman azınlık" olarak bahsediliyor,

Onlara "Türk kökenli Yunanistan vatandaşı" denmesine karşı çıkılıyor,

1955-1998 yılları arasında Trakya ve Oniki Adalar'dan yurt dışına giden 46.000 kadar Türk asıllı Müslüman'a halen vatandaşlık hakkı tanınmıyor.

Ne dersin? Bunları da bana verdiğin notlara eklemeni ve yeniden bir değerlendirme yapmanı isterim. Artık barış zamanı. Hatayı yapan hükümetler veya devletler, diplomatik temaslarla hatalarından dönüyor. Çünkü halklar, yani biz insanlar artık bir arada yaşamanın doğru olduğunu siyasilere gösteriyoruz.

63- Endişeyle büyüdüm

Teyzem Yunan tebaalı olduğu için 1964'te gönderildiğinde ben on yaşımdaydım. Evimize hüzün çöktü. Babam ve annem çok endişelendiler. Ben bu endişe dolu evde büyüdüm. Askerliğimi yaptıktan sonra ilk iş olarak pasaport çıkartıp Atina'ya gitmeye karar verdim. Teyzemi çok severdim, eniştemi de. Bana burada iş bulmuşlardı. Hiçbir zorluk çekmeden Atina'ya geldim. Burada önceleri teyzemin evinde kaldım. Bir sene sonra kendi evime çıktım ve evlendim.

Ne yalan söyleyeyim aklım adada, annemle babamda kaldı. Onları da buraya almayı çok istedim ama onlar kabul etmedi. Adada rahatız dediler. Önceleri bana yaşattıkları korkuyu yaşamadıklarını her seferinde söylüyorlardı. Bir Noel tatilinde buraya davet ettim. Kaldıkları iki hafta sonunda burası bize göre değil dediler ve geri döndüler. Bir daha onları buraya getiremedim. Adada Rum nüfusu azalınca, kalanlar kıymete binmiş; ne garip değil mi? El üstünde tutuluyorlardı. Korkuyu bana yaşattılar, kendileri rahat yaşadılar. Tek düşünceleri benim geleceğimdi. Şimdi her ikisi de Ay' Nikola mezarlığında rahat yatıyorlar. Ben de burada ada özlemiyle yaşıyorum.

64- 6 / 7 Eylül idam fermanımızdır

6/7 Eylül olaylarını yaşadım. Çocuktum, yaşadığım o korkuyu hayatım boyunca unutmadım. Evimizde hep Demokrat Parti ve Adnan Menderes hayranlığı konuşulurdu. İsmet Paşa'ya çok kızarlardı. Çünkü dedem varlık vergisinde servetini kaybetmişti. Ama bu olaylardan sonra babam dedi ki, değişen bir şey yok; ha Adnan Menderes, ha İsmet Paşa. Geleceğimizin idam fermanı oldu 6/7 Eylül. Bizi kimse sevmiyor, başımızın çaresine bakmalıyız. Babamın bu sözünü hiç unutamadım. Arkadan Kıbrıs olayları ve Yunan tebaalı akrabalarımızın gönderilmeleri ve tekrar İsmet Paşa... O zaman anladım ki babam haklıydı. Babam ölene kadar adada yaşadı. Askerliğimi yaptıktan sonra buraya gelmeyi çok istedim. Çünkü biliyordum ki babamın yaşı icabı burada yapacağı bir şey yoktu ve adayı çok seviyordu. Gelmemin zeminini babam hazırladı. İşimi, evimi kurdum, çalıştım, evlendim. Çok şükür halim vaktim yerinde. Ama bir de sor adayı özlüyor musun diye? Ah o ada özlemi yok mu? Yakıyor içimi Ahmet, yakıyor. Keşke babam gibi orada kalabilseydim. Babam geleceğimi kurtarmak için beynimi daha çocukken yıkamıştı. Şimdi küçük bir ev arıyorum adada. Kısmetse alacağım.

65- Rehin gibi kullanıldık

Kendimi bildim bileli, her Kıbrıs olayında biz Rumlar sanki rehindik. Yaşım icabı yaşamadım ama anlatılanlardan öğrendim ki 1964'te Rumlar Kıbrıs meselesinden dolayı sınır dışı edilmişler. Bu ne biçim bir uygulama? Biz hırsız mıyız, çingene miyiz, zenci miyiz? Neden hep biz topun ağzına konuyoruz? Demek ki biz ikinci sınıf vatandaşız dedim ve buraya gelmeye karar verdim. Kıbrıs'tan bana ne? Ben Kıbrıslı mıyım? Ben Büyükadalıyım. Koca Büyükada'yı Kıbrıs uğruna dağıttılar, mahvettiler. Ne güzel komşuluğumuz, eğlencelerimiz, oyunlarımız, işimiz, yuvamız vardı. Ne oldu? Şimdi duyuyorum ki adada kimse mutlu değil; biz de burada mutlu değiliz. Sebep olanların Allah belasını versin!

66- Atatürk nerede?

Bak sana bir şey söyleyeyim; yere düşen Yunan bayrağını çiğnemeyip yerden kaldıran Atatürk nerede, bizi rehin ya da esir görüp sınır dışı eden İnönü nerede? Devlet adamı olmak kolay değil. Dedemin anlattığına göre, 6/7 Eylül'de mezarlarımız tahrip edilip ölülerin kemikleri çıkarılıp kırılmış ve etrafa savrulmuş. Bu hangi akla sığar Ahmet? Ya Kıbrıs çıkartmasından sonra gazetelerin yazdıkları? Günah bizim mi be? Bizi kolera mikrobu gibi görüyorlardı. En çok da Hürriyet, Tercüman gazeteleri aleyhimize yazılar yazıyordu.

Bunları duyduktan ve okuduktan sonra adada nasıl kalayım? Güvencemin olmadığını düşündüm. Sen böyle bir ortamda ne yapardın? Bu kadar insan niye geldi buraya Ahmet? Sen çok Rum ile konuşuyorsun burada. Ne diyorlar? Hep aynı sözler değil mi? Atatürk'ten sonra Rumlar zor günler geçirdi. Kademe kademe bizi vatanımızdan soğutmak ve kaçırmak için çalıştılar. Doğrusu budur. Biz de güven duyacağımız yeri aramalıydık. Hem güven duyacağımız yeri bulmalıydık, hem de doğup büyüdüğümüz, vatan bildiğimiz toprağa yakın olmalıydık. İşte onun için Atina'ya geldim. Yoksa daha uzaklara giderdim. Burada yaşasam da benim vatanım orası, Büyükada.

67- TBMM mebusları bile göç etti, ben etmişim çok mu?

Hadi ya Ahmet, bırak bu soruyu; neden gelmişim! Neden gelmeyeyim ulan; bizim cemaatten mebus seçilenler bile buraya göç etmiş zamanında, ben gelmişim çok mu? Onlar devletin içinde bulunmuş adamlardı. Demek bir bildikleri vardı ki geldiler buraya. Eh koca koca adamlar geldiğine göre, ben de gelirim tabii. Ha, diyeceksin ki rahatın mı bozuldu? Yoo, işim de iyiydi, arkadaşlarımla aram da iyiydi. Ama gelecekte ne olacaktım? Onu çok düşündüm. Ve inan bana, gelmeme sebep bu mebusların buraya gelmesi oldu. Demek bir şey gördüler ki geldiler. Eh ben de yaşımı başımı almadan, geleceğimi rahat rahat kurayım dedim. Senin anlayacağın Ahmetciğim, Türkiye'de gelecekte istikrarsız bir hayat görünce, bir başka ülkeye gider gibi buraya ekmek parası ve geleceğim için geldim. Benimle beraber, Almanya'ya, Yeni Zelanda'ya, Avustralya'ya giden arkadaşlarım da vardı. Benim Yunanistan'ı seçme nedenim adaya yakın olmaktı. Ve biliyorsun her yıl adaya gelip gidiyorum. Çünkü halen Türk vatandaşıyım; o bakımdan rahatım.

68- Evimi alan bey

Ben, 1970 senesinde Atina'ya geldim. Adada yaptığım işin burada daha kazançlı olduğunu anlatmışlardı. Küçücük çocuklarımı düşündüğüm için ailemi de beraberimde getirdim tabii. Adadaki evimi hiç tanımadığım, oralı olmayan, Istanbul'dan bir beyefendiye ve değerine sattım. Buraya gelince, yaşımın da genç olması nedeniyle, hedefime ulaşmak için gece gündüz demeden çok çalıştım. Yunanlılar tembel bir millet. Biz Rumlar ise, bilirsin, çalışkanız.

Her neyse Ahmet; bunları değil, asıl şunu anlatmak istiyorum. Ben adadan ayrıldıktan sonra otuz bir yıl oraya hiç gitmedim ama güzel anılarımı çocuklarıma da, torunlarıma da her zaman anlatmışımdır. Çünkü istedim ki babalarının veya dedelerinin vatanını hiç unutmasınlar. Aradan seneler geçti, 2000 yılında çocuklarım ve torunlarım adaya gittiler. Ellerinde evimizin fotoğrafı vardı. Gidip görmelerini ve şimdiki haliyle bir fotoğrafını çekmelerini söylemiştim. Döndüklerinde evin muhtelif fotoğraflarını çekmişler bana gösterdiler. Baktım ki alan adam evde hiç değişiklik yapmamış. Hatta daha bakımlı, boyalı ve temizdi. Bahçe kapısının üzerindeki yediveren gülleri bile daha büyümüştü. Kolay mı, aradan otuz sene geçmiş. Oğlum o zaman üç yaşındaydı; adaya gittiklerinde ise torunum on iki yaşındaydı.

Evi sattığım bey, bizimkileri evin fotoğrafını çekerken görmüş ve neden çektiklerini sormuş. Bizim oğlan da buranın geçmişte bize ait olduğunu ve benim satıp Atina'ya gittiğimi söylemiş. Beyefendi bunun üzerine bizimkileri bahçeye davet edip rahat rahat fotoğraf çekmelerini söylemiş. Sonra da içeriye buyur etmiş, evi dolaştırmış, kahve ve likör ikram etmiş. Torunum ne dedi biliyor musun Ahmet:

- Papu, evin bir odasında bizim ikonoktasi vardı.

Bak Ahmet, bu o kadar hoşuma gitti ki, ağladım sevincimden. Evimi alan bey, hiçbir değişiklik yapmamış evde. Oğlumun çektiği fotoğraflarda gördüm bunu. İkonoktasi köşemize sizin kutsal kitabı, Kur'an-ı Kerim'i koymuş. Çocuklar evin telefonunu da almışlar. Adamı arayıp evimizi aynen muhafaza ettiği için teşekkür ettim. Ne dedi biliyor musun?

- Sizi de bekliyorum. Önümüzdeki yaz bir haftalığına eşinizle gelin ve lütfen bende misafir olarak kalın; odanız sizi bekliyor.

Bak Ahmet; işte insanlık, komşuluk, kardeşlik dostluk bu! Ağladım Ahmet. Nazikliğe bak! Ve bir yıl sonra gidip iki gün kaldım. Hayatımdaki en önemli iki gündür adada o kadar sene sonra yaşadıklarım. Gece odamıza çekildiğimizde hanımla o kadar sevinçli ve mutlu oluyorduk ki, ikimiz de bu âlicenaplıktan dolayı ağlıyorduk. Anılarımla yatağa giriyor, uyuyamıyordum. İki günden fazla dayanamadım. Adada eski arkadaşlarımdan çoğunu göremedim. Kimisi ölmüş, kimisi bırakıp gitmişti. Bir tek seni görebildim. Sen de amma değişmiştin be! Ne o ulan; dal gibiydin, fıçı olmuşsun.

69- Papaz okulunu kapattılar; gittim

Biliyorsun Ahmet, ben üvey anne ile büyüdüm. Evdeki düzeni bozmamak için yatılı okul olarak Heybeliada Ruhban Okulu'na gittim. Hafta sonları çıkınca eve geliyordum. Babama ve üvey anneme ayak bağı olmak istemiyordum. Ama ne zaman ki Ruhban Okulu kapatıldı, Atina'ya gitmeye karar verdim. Benim adadan gidişimin hiçbir şekilde siyasetle ya da korku ile ilgisi yok. Kendime kuracağım hayatı genç yaşımda planlamıştım, 1971'de okulum kapatılınca böyle bir karar aldım. Buraya geldiğimden beri turizm işiyle ilgileniyorum. Allahıma bin şükür işlerim iyi. Türkiye ile de çok çalışıyorum. Memnunum; sık sık Istanbul'a da gidiyorum. Başka ne diyeyim vre? Yaşıyoruz işte!

70- Vatanım Büyükada

Korkunun ecele faydası yok diye bir atasözü vardır. Korkudur beni buralara sürükleyen. Adada insanların bize karşı keyfi davranışları yeni bir Rum düşmanlığının başladığına işaretti. Korkmayayıp da ne yapacaktım? Azınlık olmak kolay mı? Hiç bir değerimiz yoktu. Haksızlığa uğrayan adam ne yapar? Feryat eder, isyan eder, kavga eder; değil mi? Yani hukuken haklılığını ispatlayamıyorsa bunları yapar. Benim böyle bir şansım yoktu ki. Çünkü ben seninle eşit şartlarda değildim. Ben azınlıktaki bir Rum'dum. Vatandaşlığım bile tartışmalıydı. Bunu sen de biliyorsun. Anayasada eşitsin diyor ama yaşamda durum hiç de öyle değil. Bizi silmek istediler adadan ve sildiler.

Kafamdakini de silebildiler mi? Büyükada sevgimi silebildiler mi? Benim vatanım orası. Bu düşüncemi silebilirler mi? Çocuklarıma vasiyetimi söyledim. Beni vatanıma gömecekler.

71- Din düşmanlığı yapıldı

Belki kızacaksın ama Ahmet, adada Rum düşmanlığından önce din düşmanlığını başlattı yeni gelenler. Bir akşam eve giderken Katolik kilisesinin demir kapısı üzerindeki döküm haçı taşla kırmaya çalışan çocuklar gördüm.

-Ne yapıyorsunuz çocuklar, dedim

-Putu kırmaya çalışıyoruz amca, dediler.

-Neden kırmak istiyorsunuz?

-Burası Hıristiyanların, diye cevapladılar,

Düşündüm, çocuklar bunu kendiliklerinden yapamazlar. Evde bu konuda konuşuluyor ki çocuklar taşlıyorlar. Bir de kahvede falan din düşmanlığı üzerine konuşanlar oluyordu. Bizi kaçırmak için her yol denendi Ahmet. Kimse bunu inkâr edemez. Korktum. Yarın ne olacağız dedim ve buraya geldim.

Şimdi bakıyorum; o kadar azaldık ki, kıymete bindik. Adadan gelen haberlere göre, saygı duyulan cemaat olmuşuz; şaşırdım. Ne yapsam, tekrar adaya yerleşsem mi?

72- Gelmekle doğru yaptım

Bugün geriye dönüp baktığımda, adanın değil, Türkiye'nin durumuna projektör tuttuğumda, bir azınlık olarak, vatandaş olarak demiyorum azınlık olarak dışlandığımı görüyorum. Aynı düşüncede olmayanların aşağılandığı, hatta yakıldığı ve öldürüldüğü bir ortamda ayrı dinden olana bakışın hiç de hoş olmadığı topluma dönüşülmüştü. Bu beni çok rahatsız ediyordu. Bir Türk vatandaşının illâ Müslüman olması, illâ Türkçe konuşması mı gerekiyor? Ne yazık ki çoğu insanlar böyle düşünüyor. Bırak benim Hıristiyanlığımı, ateist olan bir vatandaş bile dışlanıyor. Bu nasıl bir bakıştır? Neden böyle olduğum için dışlanayım? Madem ki dışlanıyorum, o zaman kendi dilimin konuşulduğu, kendi dinimin rahatça yaşandığı burayı tercih ettim.

Ha burada dışlanmadım mı? Burada da aşırı milliyetçilere tosladım. Beni Türk olmakla suçlayanlara Türkiyeli Ortodoks olduğumu anlatmam tabii ki zor oldu. Casus olduğumu dahi söylediler. Orada bu düşünce sahipleriyle savaşacak gücüm yoktu. Burada ise geri dönüşüm olmayacak diye düşündüm ve başardım. Çalışkanlığım, aile anlayışım beni ayakta tuttu.

Şimdi aynı şeyleri Türkiye'de Yahudilerin yaşadığını görüyorum. Beş yüz yıl önce Türkiye'ye gelen insanlara bir devlet adamı nasıl "sizi buraya biz misafir olarak kabul ettik" diyebiliyor? Yahudiler şimdi anladılar "öteki" olduklarını. Bu doğru bir tespit mi Allah aşkına? Devletin adamı böyle söylerse o Yahudi kırılmaz mı? Düşünmeye başlamaz mı? Demek ki gelmekle iyi yapmışım. Pişmanlığım yok. Her yıl tatilimi adada geçirerek anavatanıma olan özlemimi de gideriyorum. Çocuklarımı sorarsan ne yazık ki onlar artık Yunanlı oldular. Belki ileride babalarının vatanını ararlar.

73- Güvenceli bir işim olsaydı gelmezdim

Bizim işte çalışırsan para vardır, oturursan cepten yersin ve yarın aç kalırsın. Ben inşaatlarda ameleydim biliyorsun. Bizimkiler seri halde buraya göç etmeye başlayınca, ben ne yapacağım diye düşünmeye başladım. Bak Ahmet, eğer bizim cemaatin elindeki yerlerden birinde iş verselerdi kalırdım. Mesela okul, Patrikhane, kilise, vakıf, hastane gibi yerlerde işim olsaydı buraya gelmezdim. Emekliliğimi kazanmalıydım. Müracaat ettim ama kadro yok dediler. Eh, ben de kalkıp geldim. Ekmek parası be oğlum! İnan bana; şimdi deseler ki gel, iş bulduk sana, koşa koşa giderim. Evet, hem de bu yaşta...

74- Atatürk fotoğrafları koleksiyonum var

Benim buraya gelişim çocukluğumda oldu. Adadayken bir komşumuz vardı, tanırsın. Bana koleksiyon yapmayı öğretmişti. Neler neler topluyordum, bilsen. Önce deniz kabuklarıyla başladım, sonra çakıl ve küçük taşlar topladım. Kibrit kutuları, sigara paketleri; milli piyango, vapur, otobüs biletleri; şişe kapakları derken, pul koleksiyonum olunca, öncekileri annem attı. Para toplamaya başlamıştım sonra. Derken Atatürk fotoğrafları biriktirdim gazetelerden, dergilerden keserek; kartlar alarak. Bu merakım Atina'ya gelince de devam etti ve ediyor. Şimdi işler kolaylaştı biliyorsun, internetten buluyorum. Ama senin Prinkipo'da gördüğüm, başka yerde göremediğim birkaç Atatürk fotoğrafını verdiğin için teşekkür ediyorum.

75- Günah keçisi sayıldık

Ya Ahmet, niye buraya geldiğimizi sorma be! Sen de biliyorsun işte. Beni en çok rahatsız eden şey, adada yeni oturmaya başlayan insanların bize bakışıydı. Ulan Kıbrıs'ta olaylar oluyorsa bize ne be? Sanki olayları benim akrabalarım çıkartıyor orada. Kıbrıslı Rum ile Istanbullu Rum'u karıştırıyorlar. Kıbrıslı Rum'un Kıbrıs'taki geçmişi ne, benim Istanbul'daki geçmişim ne? Bundan haberleri yok. Bizim geçmişimiz Roma İmparatorluğu'na dayanıyor, Kıbrıslı Rum'un geldiği yer Yunanistan. Kıbrıs'ta olanlardan dolayı bizi günah keçisi yapıyorlardı adada. Dayanılacak gibi değildi. Hayatımız mevzubahisti. Öldürülmekten korkuyordum.

Bunu sen anlayamazsın Ahmet. O bakışlar, o selam vermemeler, doğup büyüdüğüm yerde beni kahrediyordu. Buraya gelmekle doğru karar verdiğimi söylemeliyim. Yaşım genç olsaydı başka bir Avrupa ülkesine giderdim. Ama bu yaştan sonra, lisan da yok, buraya gelmeyip ne yapacaktım? Çok çalıştım, başardım. Şimdi emekliliğim gelince düşünüyorum da, benim yerim burası değil, ada. Ama adada geçirdiğim sıkıntılı günlerimde, mutlu değildim. Adeta yaşamıyordum. Senin buraya gelip gidişlerin, kitapların bana cesaret verdi. Keşke adada bir yerim olsaydı da arada bir orada kalsaydım. Orayı çok özlüyorum. Yolları, evleri, ağaçları, denizi, martıları özlüyorum. Eski arkadaşlarımın çoğu yok, biliyorum. Onlar da adayı terk etmişler. Kimi Bodrum'a, kimi başka bir şehre gitmiş. Yazık! Adayı onlar da özlemiyor mu, merak ediyorum.

76- Devlet arkamızda değildi

Kısaca, devlet arkamızda olsaydı gelmezdim. Anayasada ne yazıyor; her Türk vatandaşı eşittir. Yalan! Benim seninle eşitliğim yok ki Ahmet. Bir defa ben azınlık statüsündeyim. İlk olarak burada farklılığımız ortaya çıkıyor. Yani sen Türkiye Cumhuriyeti'nin öz be öz vatandaşısın, ben ise azınlık mensubu bir vatandaşım. Senin haklarınla benim haklarım arasında farklar var. Demek ki eşit değiliz. Burada en büyük güvencemiz olacak devlet benim arkamda değil, karşımda bir kere. Sen, dilinden ve dininden dolayı devletin gözünde özsün, ben ise yabancıyım. Devletin memuru da beni öz değil, yabancı görüyor. Bu düşünceden vazgeçmek kolay değil devlet için. Eh, giderek yabancı kabul edildiğimi görünce bana da yol gözüktü o zaman. Devlete güvenim kalmadı ve buraya geldim.

Geldim de ne oldu diyeceksin? Aynı şekilde burada da yabancı muamelesi gördüm. Keşke devletim beni böyle düşünmeye zorlamasaydı diyorum. Burada da acının katmerlisini çektim. Ama ne var, çocuklarım artık buralı oldu. Ben ise halen oralıyım, adalıyım. Bunu burada fark ettim. Acı oldu bu gerçeği görmem ama oldu işte, ne yapayım? Şimdi ada gözümde tütüyor.

77- FB'den sonra AEK'yi tutmak zor geldi

Geldik işte Ahmet. Nasıl geldik, niye geldik, sorma. Konuştuğun diğer adalılar ne söylediyse benim de anlatacaklarım aynı, boş ver. Ha memnun musun dersen, ne yalan söyleyeyim; eh işte! Gelirken seve seve geldim ama umduğumu bulamadım. Geri dönemezdim; kaldım mecburen.

Şimdi beni en çok üzen ne, biliyor musun? Duyunca küfredeceksin belki. Futbol hastası olduğumu biliyorsun. Adadayken koyu bir Fenerbahçe taraftarıydım. Buraya gelince, diğer arkadaşlar gibi maçlara gitmeye başladım. Istanbulluların mübadelede kurdukları takımı tutmaya başladım modaya uyarak. Rengi sarı-siyah olan AEK... Nerde benim sarı-lacivertim, nerde buradaki sarı-siyah! Senin anlayacağın, bir zamanlar Istanbul'un mahalli ligdeki ve Türkiye ligindeki iki güzide takımı, Istanbulspor ve Beyoğluspor'un renklerini taşıyan bu takımı tutmak zoruma gitti. Renklerini beğenemediğim için önce maçlara gitmemeye başladım, sonra da bıraktım.

Eve çanak anten alınca gene Fenerbahçe'mi izlemeye başladım. Düşünsene, beni ülkeme bağlayan tek köprü olan Fenerbahçeliliğimi terk edemedim. Bazı maçlar için fırsat yaratıp Istanbul'a gittiğim oluyor. En büyük Fenerbahçe! Her zaman her yerde şampiyon Fener!

78- Radika

Sana bir şey söyleyeyim mi Ahmet; Karanfil'deki bayırdan ot, çamların altından mantar toplamayı özledim. Hatırlar mısın; annelerimizle ebegümeci, radika, yabanî semizotu, yabanî pırasa, ısırgan otu, mantar, kocayemiş, karabaş, gelincik toplardık. Ne yemekler, ne reçeller, ne likörler yapılırdı evimizde! Ah o günleri hala anıyorum burada. Annenin turşuları ne güzeldi! Yoğurdu evlerimizde annelerimiz yapardı. Yumurtayı tavuğun kümesinden alır, çiğ çiğ yutardık. Yaşlandım mı ne? Neler diyorum ben! Benim buradaki hayatım kırk yılını doldurdu Ahmet. Ömrümün en güzel kısmını burada eşek gibi çalışarak geçirdim. Çocukluğumu ve gençliğimi adada gömmüşüm. Şimdi sen geldin de o günleri anıyoruz. İster miydim gelmeyi, elbette hayır. Ama alın yazısı. Ne yazıyorsa o olur. Hadi şerefe!

Burası bana acı geldi. Ne arkadaş var, ne dost. Çalış babam çalış. Ayakta kalabilmek için çalışırken insanlığımı unuttum be! Bir Pazar günü kiliseden çıkıp deniz kıyısına indiğimde, bir cıgara yakıp adayı düşünmeye başladım. O güzelim çocukluğuma gittim. Benim burada ne işim var diye düşünmeye başladım. Elimde olan bir şey değildi ki burada olmak. Babam göç etmişti, ben de onlarla gelmeye mecburdum. Bu göç benden çocukluğumu çaldı Ahmet. Babamı erken kaybettim. O da ada özlemiyle öldü. Şimdi tek düşüncem, adada küçük bir yer almak. Orada yaşamak istiyorum. Geçen senelerde, Yunanlı olan karımla beraber birkaç kez geldik adaya. Eşim, baban deli miydi buraları bırakıp Atina'ya gelmiş dedi. O da çok beğendi. Orada yaşamayı o da çok istiyor. Senin ve eski arkadaşlarımın misafirperverliğine şaşırdı. İnanamıyor sizlerin bize olan sevgisine. Kısmetse tekrar beraber radika toplayacağız, değil mi Ahmet? İnşallah.

79- Kıbrıs bahane; zaten kovulacaktık

Ya bana bak, Kıbrıs bahaneydi. Zaten bizi kaçırmak için her şeyi yaptılar. Dedem varlık vergisinde fakir düştü. Babam 6/7 Eylül'ü yaşarken bir tek donuna yapmadığını anlatmıştı. Eh ben de çocukken 1964 göçünü gördüm; ailemizden gidenler oldu. 1974'te bizi pislik gibi görmelerine tahammül edemedim. Şimdi sıra bize geliyor; oğlum M, aklını başına al ve git evinden dedim. Gelecek düşüncesiyle Atina'ya geldim. Bugün aynı düşüncede değilim ama o gün öyleydi düşüncem. Paranoyak olacaktım. Şimdi bakıyorum bizim Rumlar adada kıymete binmiş. Nasıl sevilip sayılıyorlar, şaşırıyorum. Gittiğimde bunu bizzat gördüm. İnanılacak gibi değil. Keşke ben de kalsaydım diyorum.

80- Sadık azınlık

Seneler sonra bugün geriye dönüp baktığımda, hiçbir zaman bize Lozan'da verilen haklara sadık kalınmadığını söylemeliyim. Azınlık olmak demek, bir ülkenin değişik etnik guruplarından birine mensup ama vatandaş olmak demektir. Bizi askere alıyorsun, bizden vergi alıyorsun, bize seçimde oy kullandırıyorsun, bizim ticaret yapmamıza izin veriyorsun, bizim ibadetimize karışmıyorsun, geleneklerimizle yaşamamıza karışmıyorsun, ama gel gör ki benim devlete olan bu kadar sadakatim yetmiyor. Subay yapmıyorsun, devlet memuru yapmıyorsun; o zaman demek ki ikinci sınıf vatandaş olarak kabul ediyorsun. Hem sadık azınlık olmam için bazı isteklerini yerine getirmeme evet diyorsun, hem de bazı sahalara girmeme izin vermiyorsun. Bu ne biçim azınlık hakkı? Medeni ülkelerde, demokrat ülkelerde, laik ülkelerde böyle bir uygulama var mı?

Beni kendinden göremezsen ben de kalkar giderim. Giderken üzüntüler içindeydim. Bize bunlar reva mıydı diye kendime çok sordum. Hep olumsuz cevaplar geldi aklıma. O günkü şartlar değişti mi bugün? Hayır. Gelmeyip de ne yapacaktım? Kendimle barışığım burada. İnsanlar yaşadıkları ülkelerine, anayasaya sadık değiller mi? Sadakat göstermeyene anarşist denir ve yargılanarak suçunun cezasını çeker. E kardeşim ben sadık vatandaş olduğum halde neden sadakatimden şüphe edip, beni diğerlerinden ayırıyorsun? Beni neden potansiyel tehlikeli vatandaş olarak ayırıyorsun? Neden? İnsanlık onuruma dokunuyordu bu durum.

81- Cahillerin özgürlüğü daha çok

Azınlık hakları diye diye azaldık. Haklar var ama kâğıt üstünde. Haklarımızın kullanılmasına gelince öyle bir özgürlüğümüzün olmadığını gördüm. Cehalete verilen pirimdir bizi buralara getiren. Sen biliyorsun bunları Ahmet. Ben bir şey söylemeyeyim. Adam cahil mi cahil, bana karşı her türlü suçu işlemeye müsait. Beni kendinden biri olarak görmüyor. Ben Müslüman değilim ya, o zaman ondan değilim. Çünkü ona göre Türkiye'nin bütün vatandaşları Müslüman olmalı. Peki, Almanya'daki Türkler ne diye sorduğumda, onlar turist diyor. Beni de turist gibi gelip geçici görüyor ve fazla oturdun, ne zaman gideceksin diyor. Cahil cesaretiyle söylüyor bunları. Benim elimdeki TC nüfus kâğıdı onun için bir şey ifade etmiyor. Sen olsan kalır mısın? Cahillerle uğraşmak yordu beni ve geldim. Geldim de ne oldu? Buradaki cahiller cabası… Bir de burada uğraşmak hem yordu, hem de üzdü beni. Benim suçum mu Türkiye'de Hıristiyan doğmak, Rum olmak, Yunanistan'da TC vatandaşı olmak? Öf be bıktım, bıktım! Hadi gel bir şeyler içelim. Sıkıldım Ahmet.

82- Vatandaş olarak görmediler ki

Bak iyi ki konuşuyoruz bunları. Bizi bırak; ne oldu, nasıl oldu, bunları geride bıraktık. Sen bana söyler misin ne değişti bugün? Geçen sene bir kadın milletvekili Cumhurbaşkanı'na Ermeni asıllı mısın diye sordu Ankara'da. Başkan ne cevap verdi? Hayır, Ermeni değilim, Müslümanım. Bak gördün mü? Azınlıktan biri olmak vatandaş olmak değil sanki. Şimdi Ermeniler ne düşünüyor Türkiye'de, bilmiyorum. Adam Japon, Peru'da Cumhurbaşkanı seçilebiliyor; kadın Cezayirli Müslüman, Fransa'da Adalet Bakanı seçilebiliyor. Türkiye'de azınlık olmak, vatandaş olmak değildir. Yüzde elli vatandaşsın, yüzde elli yabancısın. Azınlık bile değilsin. Acı olan bu! Bugün Türkiye'de Lazların, Kürtlerin, Pomakların, Çerkezlerin, Gürcülerin, Boşnakların vatandaşlığıyla benim vatandaşlığım arasında çok farklar var Ahmet; çok. Bu düşünce hem devlette var, hem de vatandaşlarda. İşte sana gerçek! Türkiye'de vatandaş olmanın yolu Müslüman olmaktan geçiyor. Yani, dinin ayrıysa vatandaş değilsin. Bana başka şey anlatma, gerisi palavra. Ne o, mozaiğin parçasıymışız. Geç bunları!

83- Yarın ne olacağız?

Sen yarınını düşünerek adadan Istanbul'a gitmedin mi? Evlenince çocuğunu düşündüğün için gittin, değil mi? Eh ben de yarınımı düşünerek buraya geldim. Gelecek korkusudur beni buralara getiren. İnan Ahmet, çok özlüyorum adayı. Hesaplı bir yer bulsam döneceğim oraya. Vallahi de döneceğim, billahi de döneceğim. Burası benim yerim değil. Çocuklar geleceklerini kurtardı. Şimdi hanımla ben bir yer arıyoruz adada. Biraz burada, biraz orada yaşayıp gidelim diyoruz. İstavriti, lakerdayı çok özlüyorum. Çapariye çıkıyorum adaya her geldiğimde. Ne keyiftir o, bilemezsin. Sonra da tavada pişir, yanında bir salata, eh iki tek de rakı. Oh, gel keyfim gel! Yapacağım bunu, döneceğim. Kendime verdiğim Yunanistan vizemin bittiğine inanıyorum. Hedeflerime ulaştım. Denizin o iyot kokusu burnumda tütüyor be Ahmet. Bir oda, bir salon, küçük bir yer yeter bana. Fasılı özledim, Çiçek Pasajı'nı özledim. Rakının anason kokusunu çok özledim. Özlemim bitmeli.

84- Yunanlı veya Rum, eşittir düşman

Bunu sen de biliyorsun Ahmet, 1964'ten sonra adaya gelenler bizi kendilerinden ayrı görüyordu. Zaten tarih kitaplarında yazılanlar bile hiç hoş değil. Yunanlı düşman da, ben de mi düşmanım canım? Adamlar kiliseye gidiyoruz diye bizi de düşman görüyorlardı. Benim Yunanlıdan hiç bir farkım yoktu onlar için. Hem Kıbrıs'ta Türkleri öldüren de Rumlar değil miydi? İşte o Rum ile bizi, adanın Rum'unu karıştırıyorlardı.

Ne zormuş be Rum olmak! Ulan buraya geldik, burada da ayrı bir paranoya. Yok biz Türk'müşüz, Türk'ün tohumundan olmuşuz. Nasıl dayanıyoruz buna, ben de şaşırıyorum. Bir gün bir Yunanlı ile bunu tartışırken dayanamadım:

-Yüzyıllarca size hükmeden Türkler asıl sizin babanız. Türk tohumu arayacaksanız kendinizde arayın. Biz Romalıyız. Roma İmparatorluğu'nun köklerinden geliyoruz.

Aynı coğrafyadaki insanların o kadar çok benzerlikleri var ki. Kardeşiz biz, bu ayrımcılığı aşmalıyız. Bunun için, önce tarih kitaplarından başlamalıyız. Bu kitaplardaki düşmanlık kaldırılmalı, Yunanistan'daki bazı otoyollardaki Kıbrıs'ın kanlı haritaları kaldırılmalı. Düşman kardeşlerin barışma zamanı geldi de geçiyor.

85- Sorunlar bitmiyor

Beni tehdit ettiler, dövdüler. Gene de dayandım, kaldım. Ne zaman ki evlendim, düşünmeye başladım; çocuklarım, eşim ve ihtiyarlığım ne olacak? Ne kadar dayanabileceğiz? Arkaya dönüp bakınca, bizim cemaatin hep sorunlu bir yaşantısı olmuş. Sorunlar kimi zaman donmuş, kimi zaman taşmış. Yani sana ne diyeceğim biliyor musun Ahmet; sorunları çıkaranlar ölüp gidiyor ama sorunlar hiç bitmiyor, hep yaşıyor, yaşatılıyor. E bu kadar dayanamazdım, kalkıp geldim. Sorun, insanın olduğu yerde hep olacaktır. Ama sorunu çözen, çareler üreten devlet olmalıdır. Seninle benim ne sorunum var? Yok, değil mi? Ama siyasîler durmuyor ki, kaşınıyor ve sorun yaratıyor; olan da bize oluyor. Allah belasını versin uluslar arasında sorun çıkaranların! Olan insana oluyor.

86- Komplo teorileri üretildi

Biz neymişiz be! Hakkımızda demediğini bırakmadı o malum kişi. Güya ben Yunanistan'a para kaçırıyormuşum, Yunanistan hesabına casusluk yapıyormuşum; daha neler neler... Adadakileri bana düşman edecek ne yalanlar üretti o p...! Gece evimi bastı birkaç yeni çapulcu. Karım korktu; çocuklarım küçücüktü. Beni kaçırdılar Ahmet; ben kaçmadım. Kovulmadım ama kovmaktan beter ettiler. Yirmi yıl adaya gitmedim, biliyorsun. İlk gittiğimde de korkuyla gittim. Bizim buradakiler de, gitmemem için, orada hep aleyhime konuşulduğunu söylüyorlardı. Bir gün dayanamadım ve karar verdim adaya gitmeye. Çünkü ameliyat olacaktım ve dünya gözüyle bir kez daha vatanımı görmek istedim. Ve gittim. Ne oldu? Hiç. O zaman anladım ki ayrılmamalıydım adadan. Ama artık çok geçti.

87- Kahramanmaraş, Sivas, Alevîler ve de biz

Sen de biliyorsun Türkiye'deki düşmanlığın nasıl beslendiğini. Hadi biz gittik; bizden sonraki kavgalar ne? Sağ-sol kavgasına ne demeli? Sünnî-Alevî kavgalarına? Kahramanmaraş'ta, Sivas'ta kimler öldürüldü? Biz buraya geldik, canımızı kurtardık. Sen istediğin kadar söyle 6/7 Eylül'de öldürme olmadı diye; inanmak istemiyorsun da ondan. Bize dönük şiddet her fırsatta var olmaya başlamıştı Ahmet. Peki, yazlığa gelen Yahudiler neden kaçtı adadan? Onu anlat bana! Bak Ahmet unutma bu dediğimi, azınlıklar her zaman her ülkede zorlukla kardeş, hatta yapışık kardeş gibidir. Burada da azınlık kabul edildik. Burada da zorluk çektik. Şükürler olsun ki çocuklarımız rahat ettiler, edecekler. Vatandan ayrılmanın acısıyla yaşamak çok zor. Yüreğimin dayandığı kadar katlanacağım ama ada burnumda tütüyor.

88- Hedef olarak gösterildim

Bir akşam eve gidiyorum, tanırsın, ismini vermeyeceğim kişi, saat kulesinin orada adalı bir serseriye beni göstererek:

-İşte bu! dedi.

Serseri her akşam beni eve kadar takip etmeye başladı. Hiçbir şey söylemiyor ama taciz ediyor takip etmekle. Sen ne kadar dayanırsın bu eziyete? Bir akşam aniden döndüm ve sordum:

-Ne var, neden beni takip ediyorsun?

-Bana ve sülâleme küfretmişsin. Seni vuracağım dedi.

Yalan olduğunu, böyle bir insan olmadığımı anlatmaya çalıştım olmadı. Bir yanda bir serseri, öbür yanda kendi halinde ben... Sen olsan ne yaparsın? Bu serseriyi peşime takan adam, sonra gelip benden evi ucuza almak isteyip tehdit etti. Gerisini anlatmayayım, sinirim bozuluyor. Can korkusu nedir, bilir misin sen?

89- Yunanistan'ın Sefarad'larıyız

Şimdi geriye dönüp baktığımda ne düşünüyorum, biliyor musun Ahmet? Biz öyle veya böyle vatanımızdan kovulduk. Burada getto oluşturduk. Birbirimize sıkı sıkıya bağlı bir kültür yuvamız var. Sen de gördün. Her yöreden gelen kendi derneğini kurdu. Şimdi tek eksiğimiz, çocuklarımıza adalılık ruhunu tam anlamıyla aşılayamadık. Çocuklarımız Yunanlı gibiler. İnşallah onlar da bir gün, bizlerden çok önce gelen mübadillerin torunları gibi gelip köklerini adada ararlar. Sana bir şey diyeyim mi Ahmet, İspanya'dan asırlarca önce gelen Yahudiler gibiyiz Atina'da. Yani buranın Sefarad'ları da biziz galiba.

Geri dönmek mi? Hayal gibi bir şey bana göre. Bizim buraya gelmemize sebep olanlar artık burayı vatan bellettiler bize. Adaya geldiğimde tek yaptığım ne biliyor musun; mezarlık ziyareti. Beni oraya bağlayan tek şey mezardaki annem ve babam. Anılarımın kahramanları yaşamıyor çünkü. Kimi burada sürünerek öldü, kimi orada bilmiyorum nasıl öldü; ama öldüler. Seninle burada konuşurken adadaki sokağımızı değil, sokaktaki komşularımı düşünüyorum; ancak onlar artık yok.

Bak Ahmet, burada öyle zor şartlarda hayata tutundum ki geçmişe değil, geleceğe dönük yaşamayı öğrendim. Geriye dönüp bakmak istemiyorum. Geriye bakmak, zaman kaybetmek, ilerlememek, geri kalmak bana göre. Onun için seninle her geldiğinde konuşma isteğini geri çevirdim, konuşmak istemedim. Ben acıları tekrar yaşamak istemiyorum. Ben buraya geldiğime pişman değilim. Benim buraya gelmeme neden olanlar pişman olsun. Bunu hem gördüm, hem duydum. Onların pişmanlığı, benim umudum oldu. Umudum buruk mutluluk ama başarı getirdi. Başarı Atina'da, buruk mutluluk Ada'da. Atina para getirdi; Ada bir duble rakı, bir lüfer ızgara ile orada kaldı. Şerefe!

90- Gâvuruz, gâvursunuz

İyi düşün, kendinden olmayanı mahkûm eden bir toplumda yaşamak kolay mı? Bu hiçbir zaman değişmeyecek bir karardır Türk insanının kafasında. Bak ne diyorsun: Büyükadalıyım dediğin zaman sana ne soruyorlar?

-Rum musun?

Sene kaç? 2009... Benim buraya gelişimden itibaren ne değişti? Hiç.

Ben 1972'de geldim buraya. O zaman da gâvur diyorlardı bize; şimdi size de aynı soruyu soruyorlar. İnsanlar, yer değişse de yöreler değişemiyor ki. Geçen senelerden birinde bir siyasî partinin başkanı İzmir için ne dedi? Gâvur İzmir... Gâvur mu kaldı İzmir'de? Yoo; ama bazı kafalarda, daha doğrusu kafasız kafalarda adı gâvur kaldı İzmir'in. Büyükada da öyle işte. Aynı bok burada da bizi buldu. Burada ise Türk dediler bize. Başka gidecek yerimiz olmadığından, sustuk. Cahilliklerine verdik bu hayvanların. Ulan bir sorun kendinize; "Asırlardır Türk mandası olarak yaşadınız bu topraklarda, sizde Türk dölü yok mu?" diye. Sormadık. Çünkü biz onlar, yani soran Yunanlılar gibi cahil değiliz. Ne acıdır ki insan olmak kişiden kişiye değişiyor.

Almanya'da hayvanat bahçesini dolaşırken bir kafesin önündeki tabela içerdeki hayvanı tarif ediyordu, dikkatimi çekti.

-Dünyanın en vahşi hayvanı...

Baktım içerde hiç hayvan falan yoktu. Belki koğuşundadır diye bekledim çıkmasını. Sonra anladım gerçeği, bir ayna vardı karşımda. Kendimi gördüm. Evet; dünyanın en vahşi hayvanı ne yazık ki biziz, yani insan. İnsanın insana yaptığı kötülükler bizi birbirimizden ayırmadı mı? Gerisini hiç konuşmayalım Ahmet. Aynaya bakmayı öğrenirsek gerçeği yakalarız. Yoksa böyle gelmiş, böyle gider. Sen arada bir Atina'ya gelirsin, ben arada sırada adaya giderim; konuşuruz, dertleşiriz, gezeriz, yeriz, içeriz ve hayat devam eder gider. Herkes bizim gibi yaparsa sevgi yeşerir, çocuklarımız bizden çok şey öğrenir. Haydi vre, insanlığa içelim; stinyasas, şerefe!

91- Muhatabım devlet değil, halk oldu

Ben kimin vatandaşıyım Ahmet? Devletin, değil mi? Yok öyle bir şey, devlet beni muhatap almadı. Adaya sonradan gelen bazı kendini bilmez, güya vatan kurtaranların tehdidine maruz kaldığımda karakola gidip şikâyetçi oldum. Aldığım cevap üzücüydü. Boş ver, uğraşma. Ne demek bu? Kime gideceğim? Bu olay bana geleceğimin artık adada olamayacağını ihtar ediyordu. Yani ben şimdi gidip beni tehdit edenle mi görüşecektim; anlaşacaktım veya ceza mı verecektim? Muhtemel ki cezayı ben çekecektim. İnsan muhatap olarak güvendiği devleti bulamazsa ne yapar? Benim gibi hadi eyvallah der, gider. Ben de öyle yaptım.

Burada da durum aynıydı. Geldik, yerleştik, iş güç sahibi olduk; bu sefer Yunanlı sormaya başladı, neden geldiniz Türkler diye. Baktım, değişen bir şey yok. Sonra oturup düşündüm. Ulan orada da, burada da insanlar aynı. Neden geldim diye çok sordum kendime. Ha şunu anladım ki orada canım tehlikedeydi, korkmaya başlamıştım; burada can korkum yok, devletin kanunları işliyor. İşte böyle Ahmet; yoksa işim, aşım çok iyiydi adadayken.

92- Adada gidici turist değil, kalıcıydık; istenmedik

Adaya sonradan gelenlerin bir ezberi vardı: Onlara göre bir gün buraları bırakıp gidecektik. Öyle inandırılmışlardı. Bu ezberi akıllarına sokanları ben de biliyorum, sen de biliyorsun Ahmet; isim vermeme gerek yok. Ne ustalığımız, ne eğlenceye düşkünlüğümüz yani kazanıp harcamamız, ne de ticaretteki başarımız; onları rahatsız eden tek vasfımız dinimiz ve dilimizdi. Bunu böyle biliyorum ve inanarak söylüyorum. Onlardan olmamamızın tek nedeni buydu. Onlara göre biz yabancıydık, ecnebiydik, gidiciydik. Fazla kalmıştık adada. Kolay değil be Ahmet; köklerimiz iki bin beş yüz yıl öncesine kadar gidiyor. Onlar ise daha yeni gelmişti ve biz artık gitmeliydik. Çünkü onlar Müslüman'dı ve Türkçeyi, bozuk şiveyle de olsa, konuşuyorlardı. Biz yabancıydık onlara göre. Bu düşmanlığı aşılayanların Allah belasını versin! Kimine verdi de. Sen istenmediğin, dışlandığın bir apartmanda ne kadar huzur içinde kalabilirsin? İşte ben de öyleydim. İstenmediğimi hissedince geldim buraya. Kalmalı mıydım; nasıl? Ruh halimi hiç merak etmiyor musun? Ya karım ve çocuklarım? Lütfen Ahmet. O şimdi mutlu mu bilmiyorum; ama adaya gittiğimde yüzüme bakamıyor, keşke gitmeseydin diye bir de sahte sözler ediyor. Zavallı!

93- Gelmeyip de ne yapacaktım?

Şimdi bana sorma neden buraya geldiğimi. Sen her şeyi yaşıyorsun orada. Bugünkü hükümettekiler de aynı görüşte değil mi sanki? Geçen sene bir bakanınız ne dedi? İyi ki mübadelede Rumlar yollandı. Şimdi şu Gazze-İsrail olayları sırasında Başbakan ne dedi? Yahudileri biz beş yüz sene önce kabul ettik. Şimdi Türkiye'deki Yahudiler orada müsafir olduklarını, Türk vatandaşı olmadıklarını düşünmez mi? Bu söylemler devlet adamlarının ağzından çıkınca, tehlike var demektir. Ben bu tip yaralayıcı sözleri adadaki insanlardan duyduğum için buraya geldim. Şimdi insanların dediğini, yöneticiler söylüyor. Demek ki değişen bir şey yok. Kısaca, istenmeyen öteki vatandaşlardık. Mozaiğin rengiydik palavrasına inanmıyorum. Sen olsan gelmez miydin? Gelmeyip de ne yapacaktım? Biz acı çekmeye mahkûmuz Ahmet. Burada da ayrı bir acı çektik. Acıların çocuğu olduk be!

94- Büyükadalı demek, kefere demekti

Adadayken hem okuluma gidiyor, hem futbol oynuyordum. Biz orada çoğunluğu oluşturan azınlıktık. Dışarı çıktığımızda Rumca konuşmamaya dikkat ediyorduk. Çünkü Istanbul'da gittiğimiz yerlerde iyi gözle bakmıyorlardı bize. Hadi bizi bırak, bir Pazar günü amatör ligde oynayan Adalar Gençlik Kulübünün futbol maçına Vefa Stadı'na gitmiştim. Rakip takımın seyircisi koro halinde Adalar takımı için “kefereler” diye bağırıyordu. O zaman anladım ki biz adalı olduğumuz için, adımız Ahmet veya Mehmet de olsa, bu adamlar için kefere idik. Aynı şekilde, sen de oynarken bağırmadılar mı Ahmet? Senin anlayacağın ben bu kefere etiketinden kurtulamayacaktım. Atina'ya gelirken bu duygular içindeydim. Hiç olmazsa burada rahat edeceğimi düşündüm.

Böyle düşündüm de ne oldu? Burada da 'Türk tohumlu' damgası yedim. Senin anlayacağın, iyi karşılanmadık burada. Şimdi de Arnavutlara aynı şekilde davranıyorlar. Ulan şu insanlığı kim öğretecek insanlara?

Pişman mıyım dersen; doğrusu bilmiyorum. İnsan olduğumdan şüphe ediyorum bazen. Benden ayrı düşünenlere göre insan değilim. Aynı düşünenlerle burada da, orada da mikrop oluyoruz galiba. Zor olan, 'insan' olabilmekmiş. Bunu anladım; o kadar.

95- Atina'da adayı yaşıyorum

Adadan ayrılırken, bir gün tekrar dönüş yapacağımı hiçbir zaman aklımdan çıkarmadım Ahmet. Neden mi buraya geldim? Ekmek parası için. Kendi isteğimle para kazanmaya geldim. Burası bana cazip geldi. Avustralya'ya giden arkadaşlarım da oldu. Ben adaya yakın bir yer olduğu için burayı tercih ettim. Her sene yıllık iznimde koşarak oraya gidiyorum. Ada'mın bana uzaklığı bir saat. Ya Avustralya'ya gitseydim bu kadar saatte gelebilir miydim? Bak, o gidenler beş yılda bir falan gelebiliyorlar.

İnşaat işçisiyim biliyorsun. Ne iş yaptığımı sorma. Ustayım tabii. Sigortalı çalıştım. Tek katlı bahçe içinde bir evde oturmaya başladım. Sonra satın aldım ve üç katlı olarak yaptım. Çocuklarım için. Adadaki bahçeli evimi aratmadı burası bana. Mangalımı da yaktım, balığımı da tuttum, rakımı da içtim. Oh ke kah! Senin anlayacağın, Yunanlıların laflarına kulağımı tıkadım ve burada adayı yaşamaya baktım. Onun için mutluyum. Bir tek arkadaşlarımı aradım. Hem de çok aradım. Her yıl yazın adaya gittiğimde onlarla görüştüm ama yetmedi. Kimi zaman onları kaybetmek hüzünlendirdi, kimi zaman onların da ayrılıp başka yerlere gitmelerine üzüldüm. Ama onlar da haklıydılar. Sebep hep aynı. Ekmek parası. Bugün artık emekliliğimi kazanmış biri olarak hedefimde tekrar adada hiç olmazsa altı ay oturmak var. Ya ev alacağım ya da kiralayacağım. Bütçeme uygun yer bulursam bunu hayata geçireceğim Ahmet. Bir kaç kişiye haber saldım; bana ev bakıyorlar.

96- Azınlık olmak

Ahmet, Türkiye Cumhuriyeti kurulurken imzalanan Lozan antlaşmasında bizden 'azınlık' diye bahsedilmesi, seninle eşit olmadığımızın en açık ifadesidir. Bizim cemaatimizin akil adamlarının o zamandan, Kıbrıs meselesi çıkana kadar en büyük zaafı, 'azınlık' değil, 'vatandaş' olduğumuzun mücadelesini vermemeleridir. Bunun savaşını verselerdi, bugün ben burada olmazdım. Azınlık demek, sınıf farkı var demektir; imtiyazsız demek değildir. Gerisi boş. Asker olurum, yedek subay olurum; niye? Her Türk vatandaşının yükümlülüğü olduğu için. Çöpçü olamam, askeri okula giremem, polis olamam, hâkim olamam; yani devletin kadrolarında görev almam engellenir. Kanunla mı? Hayır, yazılı olmayan kanunlardır bunlar. Gelenek de değildir, çünkü gelenekler asırlar öncesine dayanır. Osmanlı'da tam tersi uygulamalar, bir kısım azınlıklar için vardı. Fener'liler gibi. Devletin üst makamlarında görev alırlardı. Bakan bile olurlardı. Fanaryot denenler böyleydi. Ben 'azınlık' olduğumdan buraya geldim, 'yurttaş' olarak kabul edilseydim burada ne işim vardı?

Bak yabancı ile azınlık aynı şey değil ama beni kendinden yarım sayan vatanım, yabancıya daha müsamahakâr. İşte yabancı okullarıyla, azınlık okulları arasındaki fark! Yabancı okuluna Müslüman Türk vatandaşı gidiyor, azınlık okuluna gidemiyor. Bu nasıl iş? Bütün bunların düzeltilmesi için tek fırsat Avrupa Birliği'ne girmek. Bak Batı Trakya'ya! Şimdi oradaki Türklerin Yunanlıdan hiç bir farkı yok. Onlar da zamanında bizim gibi çok çekti. Şimdi rahatlar.

97- Küçükken geldim

Benim buraya geliş yaşım on altı. Okumak için küçük sayılabilecek yaşta bir kız çocuğu olarak geldim. Yalnızdım, annem babam ayrılmışlardı. Burslu okudum, yurtta kaldım. Okurken ve okulumu bitirince çok zorluk çektim. Hep çalıştım. Tacizlere uğradım, sövüldüm, dövüldüm. Bunaldığım o yaşlarda, bana ilgi duyan Yunanlı bir erkek arkadaşım oldu. On sekizimde kadın oldum. Sevgilim elimden paramı aldı, sokağa attı. Çok acılar çektim.

Bugün altmışlı yaşlarımdayım. Anılarım çok acı. Onları değiştiremezsin Ahmet. Ama ben anılarıma bakış açımı değiştirmesini bildim. Geriye dönüp baktığım zaman, saf ve tertemiz ada günlerimle Atina'daki acılı günlerime merhem sürüyorum sanki. Onun için ada hep özlemim oldu. Ada bana saflığı, temizliği, düzgünlüğü anımsatıyor. Senede iki kez oraya gitmek, orada dolaşmak, temiz havasını almak, martıları seyredip onların kanatlarına takılmak ve uçmak beni acı anılarımdan arındırıyor. Atina'ya her gelişimde saf ve tertemiz oluyorum.

Buraya gelen hemen hemen herkesin ada hakkında acı-tatlı anısı vardır. Benimki farklı. Benim hep tatlı anılarım var oradan. Atina'dakiler ise acı. İşte o noktada çoğu Rum ve Yunanlı adalıdan farklıyım. İyi duygularım ve unutamadığım Türk aşkım da adada kaldı. Her gidişimde uzaktan da olsa görüyorum onu. Benim varlığımdan haberi bile yok. O şimdi evli, çoluk çocuğa karışmış başarılı bir adam. Hayır, görüşmüyorum; sessizce ve kaçamak bakışlarla kara gözlüğümün ardından izliyorum. Benim varlığımdan haberi var mı, bilmiyorum. Dikkatini çektiğimi de hiç sanmıyorum.

Adanın nüfusu öyle değişmiş ki, beni tanıyan yok. Sen bile zor tanıdın. Bir gün dönüş yapıp oraya yerleşeceğim. Ne zaman biliyor musun? O yaşamını yitirince. Onun ölümü, benim adaya gelişim; bir zincirin halkaları gibi peş peşe olacak. Tanrım bana uzun ömür versin. 'O zaman' gelince seninle rahat konuşurum, söz veriyorum. Bilinmez ki, belki de hikâyemi yazarsın.

Adayı sahiplenmem, benliğimde yüceltmem, bana “ada benim her şeyim” dedirten, beni oraya âşık eden, o Türk çocuğuna olan aşkımdır. Bendeki aşkı büyüten o ve adadır. Şair arkadaşının dediği gibi, aşk iki kişilik değil, tek kişiliktir Ahmet. Aşk acıdır. Sen hiç âşık oldun mu Ahmet?

98- Türkler yalnız Müslüman mıdır?

Ah be Ahmet; cahillik var ya şu cahillik, hiç bitmeyecek yeryüzünde. Adaya 1964 ve 1975'ten sonra gelenlerin çoğu kültürsüz ve bilgisizdi. Yani cahildiler. Bizim sokakta bir çocuk vardı, üniversiteye giden. Adımı öğrenince sen gâvur musun dedi bana. Şimdi ben bu adama ne anlatabilirim? Aradan zaman geçti, Yahudiler adaya yazlığa geliyorlar; bu adam ne dedi biliyor musun bana: akrabaların geldi! Şimdi düşünsene, Yahudi ile Rum veya Ermeni onun için birdi. Oturup bir güzel ders verdim ona. Bak dedim, hepsi ayrıdır, birisi dindir, diğeri milliyettir. Anlamadı, bu sefer Türklerin değişik dinlerden olanları var dedim. Mesela, Asya'da çok tanrılı dine tapanlara Şaman, Romanya'da Hıristiyanlara Gagavuz, Kafkasya'da Musevilere Karaim dendiğini ve hepsinin Türk olduğunu anlattım. Anlattım ama bir de yumruk yedim.

- Olamaz, Türkler Müslümandır; sen yalan söylüyorsun dedi. Ben de yediğim dayakla kaldım.

Seneler sonra Adaya gittiğimde bu adam benden özür diledi.

- Yahu ben o zamanlar cahilmişim. Türklerin yalnız Müslüman olduğunu sanıyordum dedi. Böyle bir toplumda ayakta kalmam zordu. Ben de gençtim ve geleceğimi orada bulamayacağımı anlamıştım. Karar verdim; buraya geldim.

Şimdi yaz aylarında çoluk çocuk bir hafta geçiriyoruz adada. Güzel tabii ama yetmiyor. Ha o adam mı? Arkadaşlığımız çok güzel; iyi görüşüyoruz.

99- Dikiş iğnesi yerine tel

1964 büyük göçünden sonra adanın sosyal havası çok kötü değişti, komşuluk bozuldu. Gelenlerle bizim anlaşmamız zordu. Sokağı evin bir bölümü gibi kullanıyorlardı. Sokak kültürü değişti, kıyafetler değişti. Bize bakış açıları hiç de hoş değildi. Bunları anlatmak istemiyorum, üzülüyorum. Güzellikler yerini çirkinliğe bırakmıştı.

Sanki yaşadığım yer, bana sorulmadan değiştirilmişti. Senin tabirinle, altımdaki bana ait olan zemin kaydırılmış, yok edilmişti. Bu toprakta yaşamam mümkün değildi. Artık bana yabancı gelen o toprak beni besleyemezdi.

Sana bir tek olay anlatacağım, şaşıracaksın. Yeni sakinlerden biri kaldırımda pantolon yaması yaparken dikiş iğnesi yerine tel kullanıyordu. Şaşırdım. Nereye gidiyoruz dedim, yarın benim çocuklarım bunları görerek mi büyüyecek dedim. Kendimden korkmaya başladım. Okulda okuduğum taş devrine geri mi dönüyoruz dedim. Panikledim. Ve askere gidince orada da umutlarımı söndüren insanları gördüm. Aşağılandım, dayaklar yedim, sünnet olmam istendi. Asker ocağında Türkiye'nin gerçeğini daha iyi anladım. Yaşadığım adanın, hayallerimin ülkesi olmadığını anladım. Gitmeye karar vermem çabuk oldu. Terhisimden sonra annemle babama ben gidiyorum dedim. Onlar engellemek istedi ama başaramadılar.

Burada da umutlarımı kıran Yunanlılar oldu. Adada yaşadığım yere yabancılaşmıştım, burada ise yabancısın, Türk'sün dediler. Ben ne yaptım dediğim zamanlar oldu. Geri dönemeyeceğime karar verdim. Anneme babama mektup yazdığımda hep yalan söyledim; iyiyim dedim. İyileşmeye çalıştım. Zor zamanlarım oldu, onlar da ayrı bir roman. Şimdi Türkiye'yi görünce, keşke adada kalsaydım da burada çektiğim zorlukları orada çekseydim diyorum. Türkiye zor dönemden geçti ama şimdi Yunanistan'dan daha iyi bence. Dayanmalıydım. Askerde sünnet olmamaya nasıl direndiysem, mahalleye yeni gelen kültürsüzlere de hoşgörülü olmalıydım. Gençlik işte! Kanım deli akıyordu o zaman; şimdi duruldu.

Telle pantolon diken o kadının ailesi var ya, sonradan öğrendim ki çok zengin olmuş. Adadan da taşınmışlar. Sen işe bak ya! Biz nereye, onlar nereye. Kim bilir, şimdi konfeksiyondan da giyinmiyordur belki. Özel terzisi vardır. Hah hah haaaa... Boş veeeer; stinyasas!

100- Yanılmışım

Ahmetaki, ne diyeceğimi bilmiyorum. Hata yaptım gelmekle. Bunu sana söylerken bile utanıyorum. Adadayken Rum olduğumu tabii ki biliyordum ama aramızdaki din farkını hiç göremiyordum. Birlikte o kadar güzel günlerimiz oldu ki. Bayramlarımız, günlerimiz, eğlencelerimiz... Unutulmaz vre Ahmetaki! Ama şu Allah'ın belası Kıbrıs olayları çıkınca ve etraftan bazı kokular çıkınca düşünmeye başladım. Ben neyim diye? Paranoya beni yanlışa götürdü. İşte o zaman karar verdim ki ben Rum değil, Yunanlıyım diye. Hatam bu oldu. Kalkıp geldim buraya. Bir de baktım ki Yunanlı değilmişim. Çünkü Yunanlı da beni istemedi, dışladı. Bu sefer kendime sordum, ne yaptım diye. Şimdi burada Yunanlı olmadığımı anlamanın travmasını yaşıyorum. Acı çekiyorum ve yanlışımı kendime yediremiyorum.

101- Kim mutlu?

Ahmet, bu konuları açma. Boş ver, unut! Biz unutmaya çalışıyoruz, sen hatırlatmaya çalışıyorsun o kara günleri. Kısaca söyleyeyim ve başka bir şey sorma. Yollanan Yunan tebaalı adalılar acılı; korkup gelen Rumlar acılı; kendiliğinden gelen Rumlar acılı. Kim mutlu? Kim mutlu biliyor musun, adada kalanlar mutlu. Orada sizle kardeş, burada bize turist oldular. Rahatça gelip gidiyorlar ve gerçek vatanlarında yaşıyorlar. Burada da keyif yapıyorlar. Ulan en çok ne koyuyor biliyor musun? Gelenlerin soframızdaki mezeye laf etmeleri. Biz keyif adamıyız Ahmet. Şöyle güzel bir köfte, patlıcan salatası, yalancı dolma, tarama, pilaki ikram edemiyoruz size. Neyse, iyi ki geldin yine. Kulüp rakısını da özlemiştim.

102- Ada bir aşktır

Ahmet inanır mısın, ben askere gidene kadar adadan dışarı çıkmadım. Askerde çok şey öğrendim ve şaşırdım. Ulan dedim ben cennette yaşıyormuşum. Biz adada Kürtlerle dalga geçerdik. Tabii o zaman oraya inşaata çalışmaya gelen Kürtler şehir hayatını hiç bilmiyorlardı. Eh biz gençtik, onlar da saftı. Ne eğlenirdik ama! Bir keresinde ciğeri pudra şekerine bulayıp lokum diye yedirmiştim.

Ama askere gidince daha da şaşırdım. Bizim bölükte birkaç Kürt vardı. Çatalı askerde gördüler. Perdeyi de askerde öğreneni gördüm. Ne oldu? İşte bunlar askerde eğitildiler. Memleketlerine dönmek istemediler. İşte göç böyle başladı. İyi de oldu. Yabanîlikleri gitti, asimile oldular. Ben 1971'de askere gittim. Sol elin havaya kaldırılınca ne olduğunu da askerde gördüm. Lenin'in ismini askerde öğrendim. Ama solun ne olduğunu buraya, Yunanistan'a gelince öğrendim. Hani dedim ya Kürtler askerde çok şey gördü diye, ben de çok şeyi yeni gördüm. Onun için diyorum ki ben askere gidene kadar Kürtler gibiydim. Ada benim köyümdü.

Adanın aşk olduğunu buraya gelince anladım. Saflık vardı orada. Tertemiz bir aşktı benim için. Şehir, hele ki büyük şehir aşkı öldürüyor, insanın duygularını öldürüyor, maddeleştiriyor. Şehir, seks... Adada ise duygularım vardı; güzel şeyler vardı. Ki bunlar insanı aşka götürür. Burada o duyguyu bulamadım. Aşk yok burada. Adayı arıyorum. Orada elim hep açıktı, yani parmaklarım insanları, çiçekleri, denizi okşamak içindi; insanlarla tokalaşmak içindi. Burada ise parmaklarım kapandı, yumruk oldu; kazanmak için yumruk oldu. Aşk da bitti. Aşkı arıyorum, adayı arıyorum.

103- Ecevit'i affetmem

Bu da benim hikâyem Ahmet Bey. Bahsettiğin kitabına konu olmaz ama yaşım ilerledi, anlatayım da sen istersen yaz, istemezsen yazma. Annem Istanbul'da kalan Rumlardandı. Hastalanmıştı; yaşlıydı da. Çocuğum yok ama annem vardı. Onu ziyarete gittim. Durumu iyi değildi. Vizem bitiyordu. Yanında kalmak için izin istedim, verilmedi. Kalktım Ankara'ya gittim. Bir dostum aracılığıyla Ecevit ile konuştum. Annemin durumunu anlattım. Annemin yanında kalmam lazım dedim. Vizemi uzatmasını rica ettim. "Veremem" dedi. Annem hasta olmasa bunu istemezdim. O izni alamadım, buraya geri döndüm. Fazla değil, kısa bir süre sonra annem öldü. Cenazesine gitmedim. Tekrar vize istemedim.

İnsan sevgisiyle ülke sevgisini bu adam mı yazıyor ve söylüyor şiirlerinde, meydanlarda? Gülerim. Sevginin nasıl kaybedildiğini, yok edildiğini ben Ecevit sayesinde öğrendim. Ecevit'i affetmem.

Seneler sonra Özal zamanında bizim gibi gönderilen Yunan tebaalıların Türkiye'ye girişine izin çıktığında, annemin mezarını ziyaret için Istanbul'a tekrar gittim. Istanbul hala Istanbul'du, yerinde duruyordu ama annem yoktu artık. Kaybeden ben miyim, bana izin vermeyen mi; sen söyle. Sen ne diyorsun evvelki kitabında: önce insan. Soruyorum sana: nerde insan?

104- Dünya bir noktadır

Dedem Atatürk'ü traş eden nadir berberlerden biriydi. Adadaki dükkânını hatırlarsın, iskelenin içindeydi. Ama tabii dedemi tanıman mümkün değil; sen doğmadan o ölmüştü. Anadolu Kulübü'ne çağrılır, Atatürk'ü, Şakir Paşa'nın damadı Kılıç Ali'yi traş edermiş; dayım anlatırdı. Dayımı tanıyorsun, o da o dükkânda berberlik yapmıştı adadan gidene kadar.

Bizim ailemiz de kendi isteği ile buraya gelenlerden. Uzun bir süre ben adaya gitmedim. Buradaki problemlerle boğuştum. Eşimden ayrıldım falan. Her neyse, açmayalım bunları Ahmet. Ama kalbim adada kaldı. Geçen yaz ilk defa adadaki yerinde seni ziyaret ettiğimde beni seneler sonra nasıl tanıdığına şaşırıyorum. Değişmemiş miyim? İltifat bu. Ben seni tanıyamadım, çok değişmişsin. Sen zayıf bir çocuktun.

İlk aşkımı adada yaşadım. O bir Türk çocuğuydu. Şimdi o da

evlenmiş, çocukları var. Bizim aşkımızı biliyor musun? Doğru, adadaki aşklar saklanamaz ki... Peki söyle, selâmımı söyle. Telefonumu mu? Veeer. O şimdi mazide kalmış bir anı. Ararsa sevinirim tabii. Dünya ne kadar küçük değil mi? Evet, dediğin gibi: dünya bir nokta, sonunda o noktada birbirimize kavuşuyoruz. Bizi bir araya getiren ne çok neden var değil mi? Aynı toprağın üzerinde, aynı gökyüzünün altındayız, fakat dağılmış vaziyetteyiz. İşte, bir gün de olsa birbirimize rastlıyor, o noktada birleşiyoruz. Bu yaz da adaya geleceğim. Evet, ağabeyim gelmeyenlerden; Istanbul'da kaldı o.

105- Sevgiyi sırtla da gel

Gel bakalım Ahmet, otur şöyle yanı başıma. Baban ağabeyim sayılırdı. Çok iyiliğini gördüm. Veresiye alış veriş yapardım babandan, biliyorsun. 1974'te bana çok moral verdi; unutamam. O Kıbrıs harekâtında boynum bükük yürürdüm ada sokaklarında. Birisi bir laf edecek diye. Baban fark etmiş; çağırdı beni dükkâna, nedir bu halin senin dedi. Dik dur, kimse sana bir şey diyemez dedi. Çok moral verdi. Babanın ölümünden sonra, çocuklar da buraya çağırınca geldim. Eh bari ihtiyarlığımı onların yanında geçireyim dedim. Çok şükür iyiyim. Seni çok seviyorum Ahmet. Her gelişinde adanın havasını, oradaki sağ kalan dostların selamını getiriyorsun. Aslında sen sevgiyi sırtlayıp geliyorsun. Teşekkürler sana be oğlum. Ya işte böyle! Sen gelince bizim evde mimozalar açıyor sanki. Gene taktın gözlüğünü notlar tutuyorsun. Yaz bakalım yaz, daha çok şey anlatacağım sana.

Gözlüğünü tak da bakma eğri,
Ne zannettin sen doksanlık Lefter'i.

106- Yaşanmış şeyi yırtamazsın

Bugün Kumsal'daki evinin penceresi sana karşı kıyıyı, Maltepe'yi nasıl gösteriyor Ahmet? Çok bina, çok ışık ve az yeşil; değil mi? Peki kırk elli yıl önce o pencereden baktığında Maltepe nasıldı? Az bina, az ışık ve çok yeşil; değil mi?

Her yıl adaya geldiğimde, otuz kırk yıl önce oraya gelip yerleşenlerin bana sordukları şu soru içimi acıtıyor: Madem ki bu kadar seviyorsun adayı, neden gittin? Bizle o günleri yaşamadılar ki, bilmiyorlar ki. Yaşadıklarımız acı da olsa kâğıt gibi yırtılıp, yakılıp yok edilemiyor. Anıları, yaşanmışlıkları yırtıp atamazsın; onlar kalıcı. Bu soruyu sorana ne cevap verebilirim ki? Anlayamaz; anlaması için senin gibi, benim gibi o günleri birlikte yaşaması lazımdı. Kısmet öyleymiş deyip geçiyorum.

Ada senin evinin penceresinden Maltepe'nin görüldüğü gibi oldu şimdi. Ben o eski Maltepe gibi olan adayı arıyorum. Dünya değişirken orası da değişti. Değişti ama doğası bozularak değişti. İyi ve hoş olmayan da bu. Değişmeyen tek şey anılarımız oldu.

107- İhraç fazlasıyız be!

Pazarlarda satılan bazı konfeksiyon malları vardır, bilirsin Ahmet. Çığırtkanlar bağırır durur, “ihraç fazlası bunlar, ihraç fazlası; geeel, geeel, sen de al” diyerek. İşte biz de oyuz burada. Ben buraya ihraç fazlası olarak geldim yani. Parası pulu olanlar koşa koşa geldi. Şimdi kimse kusura bakmasın, pişmanım demeye hakları yok. Gelmeselerdi. Ama ben, elde avuçta yokken, iş bulma, para kazanma umuduyla buraya gelenlerdenim. Kendimi kalitelilerin yanında ihraç fazlası gibi görüyorum. Ben de kendime göre bir şeyler yapmaya, para kazanmaya çalıştım; halen çalışıyorum. Eh ne yapalım, kaderimiz buymuş. Herkesin bir değeri var. Bizim de değerimiz bu kadarmış dediğim için, ihraç fazlası olarak revaçtayım halen. Gülme; durum budur kardeşim.

108- Azınlık ha?

Yaa bana bak be Ahmet, ulan ne zararımız vardı bizim? Kendim geldim. Ama çok sıkıldığım için, çevremde yalnız kaldığım için, kimi Türk vatandaşları tarafından azınlıklara hoş gözle bakılmadığını gördüğüm için gelenlerdenim. Azınlığım ama adalıyım. Adalı olmak, yurttaş olmak benim hakkım, ancak davranışlarla sanki hakkım olmadığı vurgulanıyordu. Vatanımda vatandaş sayılmıyordum. Bunu, cahil de olsa, bilinçli de olsa, adaya sonradan gelenlerin davranışları anlatıyordu bana. Ulan biz renktik be! Istanbul denince, ada denince kozmopolitlik, çok dinlilik, çok etnik guruplar gelirdi akla. Şimdi ne oldu? Azınlıkların çoğunluğunu oluşturan bir bölümü olarak biz Rumlarla uğraştılar; bizden sonra da Ermenilerle ve Yahudilerle uğraşıyorlar. Onlar da huzursuz ama akıllılar. Biz eşeklik edip geldik. Azınlığın kıymetini şimdi anladı bizi vatanımda vatandaş olarak görmek istemeyenler.

Geçen Mart ayında bir iş için Istanbul'daydım. Seçimler vardı ya; her tarafta bayrak, flama, şarkı, türkü, slogan kirliliği yaşıyordu. Hoş, dünyanın her yerinde aynı kirlilik var. Evvelden yoktu bunlar Istanbul'da. DTP'nin seçim minibüsü Şişli'de bir ara sokakta trafik sıkıştığı için duruyordu ve hoparlöründen Kürtçe türküler söyleniyor, Kürtçe konuşmalar yapılıyordu. Hani devletin tek dili Türkçe idi? Vatandaş Türkçe konuş, konuşmayanı ikaz et deniyordu? Ne oldu?

Bizi azınlık olarak kabul etmeyen vatanımda şimdi ayrılıkçılar cirit atıyor. Ben sana bir şey söyleyeyim mi, asıl tehlike şeriat değil, bunu anladım. O şeriatçı dedikleri, parayı bulunca değişmiş, şehirleşmiş. Asıl tehlike ne, biliyor musun? Ayrılıkçı Kürtler. Doğu kaynıyor, Kürt nüfusu giderek artıyor, şehirlere Kürt akını çok hızlı oluyor, ticaretin çoğu onların eline geçmiş vaziyette. Demek ki biz tehlike olamadık ama bizim yerimize şehre göç edenler tehlike olmaya doğru hızla ilerliyor. Vah anam vah! Hadi biz tehlikeyken varlık vergisiyle tıraşlandık; şimdi koysalar ya bir varlık vergisi daha. Zor değil mi? Zor, zor. Azınlık uslu çocuktur; ayrılıkçılardan korkulur. Ülkemin işi zor!

109- Burada katı oldum

Burada, adada bulamadığım insanın değerini, insan haklarının ne olduğunu anladım yavaş yavaş. Anladım ama katı da oldum. Mesela çöp vergisi veriyorum diye çöpü sokağa atıyorum. Hanım ne yapıyorsun, ayıp diyor. Vergi veriyorum, temizlesinler diyorum. Doğru değil mi? Vergi vermezsem çöpü de atmam, onlar da temizlemezler diyorum. Katı oldum vre Ahmet. Bu bana adadan miras bir düşünce değil. Adada temizlik vergisi yokken biz kaldırımımızı tertemiz yapardık. Temizlik imandan gelir lafı çok doğru. Temizliği sevdiğimiz için çok dikkat ederdik.

Katamaranlar Adalar'a çalışmaya başladığında, adaya geldiğim bir yaz gününde binmiştim. Kınalıada'yı geçince katamaran birden durdu. Anons ettiler, denizin pisliğinden, denizdeki çöplerden durmuş. Oysa artık çöp vergisi alınıyordu. Vergi veriyorsun ya, at çöpünü! Tıpkı benim gibi. Denizde bin çöp var zaten, bir de ben atayım bin bir olsun diyor insan. Demek ki şehirleşme bilinci artınca kirlilik de artıyor dünyanin her yerinde. Hah hah haaaa.

Şaka bir yana, burada ava gidemiyorum be Ahmet. Ekonomi bozuldu da onun için. Yoksa iki yüz kilometre yol yapar giderdim. Köpeğim halen duruyor. Evin arkasındaki bahçede kulübesi var. Hayvan avı unuttu be. Adada çok av yapardık. Yasaklar vardı ama orman bekçisi yer gösterirdi. Şuralarda avlanın, buralarda avlanmayın diye. Gözünü sevdiğimin adası… Burnumda tütüyor be!

110- Boş ver ya...

Ahmet Atina'ya benim gibi sen de gelip gidiyorsun, kitabını yazmak için eski arkadaşlarla konuşuyorsun. Bazı konuşmalarda ben de tesadüfen bulundum. Herkes kendine göre haklı bir nedenle geldi buraya. Ama bazılarının geliş nedenini duyduğum zaman şaşırıyorum. Bunlar sebep olmamalıydı diyorum. Mesela biri demişti ki, ben çocuğumun okuması için geldim. Gelme kardeşim, gelme; çocuğun gelsin, sen adada kal. Yalnız çocuğunu buraya yollayıp kendisi adada kalan yok mu? En son örnek benim işte. Bunlar bana göre doğruyu söylemiyor, çocuğunu bahane edip kendisi de geldi. Bunlar modaya uydu. Herkes gidiyor, ben de gideyim dedi. Bu mudur ada sevgisi? Şimdi de orayı özledim diyor. Boş ver ya, inanmam.

Batı Trakya'daki Türkler de çocuklarını Türkiye'ye yolluyor okuması için. Aileleri beraber mi geliyor? Istanbul'daki insan çocuğunu Anadolu'da bir üniversiteye yolluyor okusun diye, kendisi de ailesiyle beraber Istanbul'u terk mi ediyor? Geçsinler bunları! Ben de bir çocuğumu buraya üniversitede okuması için yolladım. Ben terk mi ettim adayı? Senede bir-iki kere çocuğumu ziyarete geliyorum, o kadar. Çocuğum geleceğini böyle tercih ettiği için okumayı burada devam ettirmek istedi. Diğer çocuğum tahsilini Istanbul'da tamamladı ve orada çalışıyor.

Ben kışı Istanbul'da, yazı adada ikamet ederek geçiriyorum ve atalarımın doğduğu toprağımı seviyorum. Pişmanlarmış, hadi more! Çocuklarını okumak için yollasınlar; yollasınlar ama birlikte gelip yerleşmesinler. Türkler, Ermeniler, Yahudiler de çocuklarını yurt dışında okutuyor; peşlerinden gidip yurt dışına yerleşiyorlar mı? Korkmuşlar; neden korkmuşlar? Biz kalanlar niye korkmadık? Niye mutlu değiller, açıklasınlar. Neden mutlu olamadınız? Neden? Çünkü yanlış karar verdiler ve yanlış adım attılar. Varlık vergisinde gittik mi? 6/7 Eylül'de gittik mi? 1964'ten sonra gittik mi? 1974'ten sonra gitmeye başladılar. Cemaatin önderleri de kabahatli. Onlar da koşa koşa gitti. Onlar gidince cemaat de çorap söküğü gibi gitti. Toplumda sağlıksız bir histeri yaşandı. Dik duramadılar.

111- İşin rast gitmez

Burada sanayi yok. Hep ticaret yapıyorlar. Toplu iğne bile yapamıyorlar be. İşçiyle uğraşmıyorlar. İşçi yok ki. İşte biz geldik de inşaat sektörü gelişti. Buranın işçisi biz olduk. Şimdi de Arnavutlar geldi; onlar işçilik yapıyor. Buranın güzel bir yanı da herkes bağırır çağırır istediğini söyler ama kimse kimseyi takmaz. Sadece kavga etmeyeceksin. İnsanların birbirine söveceği en kötü söz "malaka". O da önemli değil; kimse bu söz için kavga etmez. Bir çeşit boşalmadır. Bizde birine ulan desen kavga çıkar be. Avrupa Birliği'nden çok para aldılar, olimpiyatlar sebep oldu da otoban falan yapıldı ama çok yediler. Dört şeritli yol yapacaklardı iki şeridi çaldılar. Şimdi bunu hesabını nasıl verecekler biliyor musun? Bizden vergi alarak...

Bizde bir laf vardır, sabah sabah önüne papaz çıkarsa işlerin rast gitmez diye. Onu görünce hemen yumurtalıklarını tutacaksın. Yoksa işin rast gitmez. Ciddi söylüyorum. Burada işler niye iyi gitmiyor, biliyor musun? Adım başı papaz görüyoruz da ondan. Eh her dakika önümüzü de tutamayız ya. Yunanistan'ın işi zor. İşler iyi gitmiyor, çünkü çok papaz var etrafta.

112- Istanbul canım benim

Ahmet, Karaköy'de bir iş yerinde çalışıyordum. Patron Burgazada'lı yazlıkçı bir Yahudi idi. Adalıları çok sever, işyerinde hep adalı çalıştırırdı. Biz tam altı kişiydik çalışanlar olarak. İki kişi bizim adadan, iki kişi Heybeli'den, iki kişi de Burgazada'dan. Lodos veya sis olduğunda dükkân çalışamazdı. Çünkü vapur çalışmazdı ve biz de gitmezdik. Siste hiç çalışmazdı vapurlar ama lodosta geç de olsa gelirdi. Biz arkadaşlarla hemen telefonlaşır, vapura binmez ve tabii işe gitmezdik. Patrona telefon açıp vapur yok, akşam da çalışmazsa nerede kalacağız derdik. Adamcağız haklısınız derdi. Ama hiçbir zaman bizi işten çıkarıp, Istanbul'dan birilerini almazdı. Kış aylarında bu tür işten kırmalar güzel olurdu. Buraya gelince işten kırmaya lüzum kalmadı ki. Adamlar tembel; her gün siesta var. Kaç saat çalışıyorlar be? Ama biz ek iş de yaparak burada tutunmaya çalıştık. İşten kaçmanın zevkini burada yaşayamadım vre Ahmet. Istanbul, canım benim. Sen ne güzel bir şehirsin! Sen olmasaydın işten kaçmanın ne olduğunu bile bilemezdim.

113- Karanfil yapmıyoruz

Benim adadaki marangoz dükkânımın içinde bir helâ vardı. Prostatım vardı; ikide birde dışarıya, kahveye gidemezdim işemeye. Küçük bir helâ yaptırmıştım. İşçiler ve komşular da benim helâyı kullanıyordu. Akşamları eve gitmeden önce bir şişe 35'lik rakı ile keyif yapardık. Kışın soba yakınca, ateş de olduğundan, ızgara yapardık. O zaman en çok ciğer, dalak, yürek ızgara yapardık sobada. Fazla kokmazdı.

Bir akşamüstü, yine böyle dört arkadaşla keyif yaparken kapı açıldı, içeriye bana iş veren bir mimar girdi. Biliyorsun sen o mimarı, biraz pimpirikli ve titiz biridir. Tuvaleti kullanmak istedi. Girdi, işini bitirdi, çıkınca, püfff çok kokuyor tuvaletiniz, çok kötü dedi. Ne dersin böyle birine? Karanfil yapmıyoruz, bok yapıyoruz kötü kokacak mösyö dedim. Hepimiz güldük, o şaşırıp baktı. Sonra sofradaki yiyeceklere de kokuyor dedi. Sofrada likorinos vardı. Sizin de Kurban Bayramıydı o zaman. Deniz mahsulü kurban ettik dedim. Herkes tekrar gülünce, o da dayanamadı bastı kahkahayı ama bir lokma yemedi bizimle. Bu gibi anılarım yok burada. O günleri arıyorum be Ahmet.

114- Din...din, don

Adada sahilde bir akşam rakı içiyoruz arkadaşlarla. Sohbet geldi dine takıldı. Aramızda esprileriyle senin tanıdığın ünlü bir arkadaşımız da var. Yahudilik, Hıristiyanlık, Müslümanlık derken; kapı açıldı içeriye Despot girdi. Tam o sırada esprili arkadaşımızın ağzından din, lafı çıktı. O din deyince Despot ona baktı; o ise melodili bir şekilde devam etti; din... don... din... don... din... don… Bir anda dinle başlayan bir şarkı oluverdi masadaki muhabbet. Despot hepimizi selamladı ve arkasından gelenlerle birlikte masasına oturdu. Bizim din sohbeti de tabii ki bitti.

Burada böyle şeyler yaşamıyoruz. Ot gibi yaşıyoruz, senin anlayacağın. Adada papaz görünce önümüzü ilikler, elini öperdik. Burada papaz dediğin bir memurdan farklı değil ki. Adada her Pazar kiliseye giderdik. Burada o kadar gitmiyorum. Eh bizim yerimize giden vardır diyorum. Ama kiliselerin önünden geçerken haç çıkartmadan olmaz. İbadetimizin şekli de değişti burada be.

115- Otuz iki yaşında ikinci askerlik

Ahmetciğim benim buraya gelmemin nedeni, benden önce gelenlerinkiyle aynı. Buraya gelince işlerim daha iyi olacak diye düşündüm. Kimi zaman iyi, kimi zaman hoş olmayan durumlarla karşılaşmak kaderimmiş. Şikâyetçi değilim. Ayrıca bunlar artık geride kaldı. Anlatsam ne olur, anlatmasam ne olur? Yaşadık ve bitti.

Emekli olduktan sonra okumaya verdim kendimi. Türkiye ile ilgili yayınları takip etmeye başladım. Istanbul'a her gelişimde, özellikle biz azınlıklarla ilgili çıkan yayınları aldım. Okudukça çok şey öğrendiğimi gördüm ve anladım. Türkiye'de böyle yayınların çıkmasından son derece memnunum. Çünkü buradaki yayınlar taraflı oluyor. Yunanlılar Türkiye azınlıklarını başka bir gözle, kendi ideolojilerine bağlı kalarak yorumluyorlar. Türkiye'deki yayınlar bana daha sahici ve objektif geliyor. Mesela 6/7 Eylül olaylarıyla ilgili çıkan kitaplar, fotoğraf sergisi, yirmi kur'a askerlik, Ermeni meselesi gibi konularda akademik araştırmalar çok güzel. 6/7 Eylül fotoğraf sergisini Istanbul'a gidince gördüm. Hayretler içinde kaldım o fotoğrafların sergilenmesine. Demek ki Türkiye'de çok şey değişiyor ve olumlu olarak gelişiyor. Bundan son derece memnun oldum. İnsan kendisini de kritik etmelidir. Ben oradayken bu konular konuşulamazdı bile; korkardık.

Neyi düşündürdü bütün bunlar bana, biliyor musun Ahmet? Babamın ikinci defa askere gidişini. Ben babamın hep "biz iki defa askerlik yaptık" demesini bir türlü anlamazdım. Şimdi bu kitapları okuyunca anlıyorum ki babam iki defa askerlik yapmadı, ikinci defa yaptım dediğinde askerliğe 'alındı'. Bak ne diyorum; alındı. Kimler alındı? Gayrimüslim vatandaşlar. Yirmi kur'a askerlik meğer buymuş. Bir fotoğraf veriyorum sana, kitabında kullanırsın. Bu fotoğraftakilerin hepsi Büyükadalı Rumlar. Babam, ikinci defa alındığı askerliğini adalı gayrimüslim arkadaşlarıyla Sarıkamış'ta yapmış. Ben daha doğmamıştım o zaman. Sene 1941; bizim seninle doğum tarihimizden üç yıl önce, değil mi? Otuz yaşını aşmış bu adamlar, adada işlerini, güçlerini, ailelerini ve çocuklarını bırakıp bir kez daha askere alınıyorlar ve silahsız olarak askerlik yaptırılıyorlar. Bugünün penceresinden bakınca akıl işi olmadığını görüyorum. Ve yalnız gayrimüslimler ve silahsız ve nafıa işlerinde çalıştırıyorlar, yani amele birliği. Mantıklı gelmiyor bana.

Babam ve arkadaşları bu zorunlu askerliği ifa edip adaya dönüyorlar, çok şükür. Ama o kara kışa dayanamayıp ölenler oluyormuş. Bir yılı aşkın süren bu zorunlu amelelik döneminde ölen bir arkadaşları var mesela. Hani sizde ne derler; askerde ölen şehittir, değil mi? Şimdi söyle bana, silahsız bir gayrimüslim asker olan Triandafilos Muratoğlu şehit değil mi? Mezarı Sarıkamış'ta. İşte sana mezarının başında asker kıyafetli gayrimüslim Büyükadalı arkadaşlarının fotoğrafı.

Bunu niye mi anlattım? Varlık vergisine yetiştiremedi bizi babalarımız, 6/7 Eylül'ü birlikte yaşadık, 1964 büyük göçünü beraber seyrettik, 1974 Kıbrıs harekâtında Milto'da baş başa rakı içiyorduk. Babamın beni çok şaşırtan "iki defa askerlik yaptım" lafı ve o askerliğin kanıtı olan solmaya başlayan bu fotoğrafı önemli olmalı diye düşündüm. E oğlum herkes zaten anlatacağını anlatıyor; benim anlatacaklarım renk katsın bari. Adada bugün yaşayanlar, o topraklardan bir zamanlar kimlerin gelip geçtiğini, onların nasıl yaşadıklarını, neyi özlediklerini, doğdukları yerleri nasıl sevdiklerini bilsinler diye anlattım. Başka bir niyetim yok; vallahi de yok, billahi de yok. Haydi şerefe!

116- Değişen bir şey yok

Bak Ahmet buraya geldiğime zaman zaman pişman oluyorum. Keşke gelmeseydim diyorum. Türkiye'ye yani vatanıma dönüp baktığım zaman orada da değişen bir şey yok diyorum. Senin anlayacağın iki ayağım da bir yere basmıyor. Bir ayağım burada, diğer ayağım orada. Cambaz gibi hissediyorum kendimi. Düşmemek için iki ayağımın da bir yerde olmasını istiyorum, olmuyor. Burada Türk tohumlu lafından bıktım ve artık önemsemiyorum. Oradayken de ayrımcılıktan bıkmıştım.

2007 yaz mevsiminde Istanbul'da bir konsere gidecektim. Hatta hatırlarsın seninle gidecektik. Ne oldu? Bir gün önce vali konseri iptal etti. Türkçesi; yasakladı. Neymiş gerekçesi, Rumelihisarı'nda konser yapılamazmış. Önce izin verirken ve davetiyeler basılıp dağıtılırken neredeydin? Yalan! Bir sağcı gazetede konseri verecek sanatçı hakkında yazılanlardan etkilendi ve organizasyonu yapan Fener Rum Patriği'ne verdiği izni iptal etti. Bu hareket ülkemde azınlıklarla ilgili düşüncenin halen değişmediğini gösterdi bana.

Gelelim buraya; burada da Rum olmam bir şeyi değiştirmiyor, çünkü Yunanlı değilim. Burada da azınlığım. En ufak bir anlaşmazlıkta, "sen sus Türk" lafına alıştım. Sınırdan girişimde ve çıkışımda bazı pasaport polisleri "Hıristiyan mı oldun Türk?" diyorlar. Ne diyeyim? Alışmaya çalışıyorum bu hakaretlere. Yaşadığım müddetçe başka gidecek yerim yok. Burada öleceğim, mezarım da burada olacak.

Ben göremeyeceğim ama öyle bir rüyam var ki belki bin sene sonra gerçek olur; bu iki ülke birleşecek günün birinde. Ayrılık ortadan kalkacak. Bu düşünce ile yaşamak bana huzur veriyor. Rüya görmek iyidir. Hele güzel rüyalar adamı mutlu eder.

117- Esrar

Ahmetçiğim benim buraya gelmeme hiç kimse sebep olmadı. Babamın zorlamasıyla geldim. İyi ki gelmişim. Kendimi kurtardım. Askere gidene kadar, adadayken biraz haylaz biriydim. Yaramazlıklarım çoktu. Babam askere gidince uslanacağımı söylerdi hep. Maalesef yanıldı. İnsan nereye gitse kendisi gibi birilerini buluyor. Askerdeyken kendim gibilerini de hemen buldum. Eee ne de olsa serde Istanbulluluk var. Istanbul çocukları yaman oluyor be! Orada esrara alıştım. Bu öyle bir zevkti ki, kurtulamayacağımı biliyordum. Askerden dönünce de adada otu bulmak çok kolay oldu.

Babam adada arkadaşlık ettiklerimin kimler olduğunu iyi biliyordu. Bana niyetiyle ilgili hiç bir şey belli etmeden ailece yurtdışına geziye gideceğimizi anlatarak pasaport çıkartmamı söyledi. Anne ve babamın pasaportu vardı zaten. Yunanistan'a geldik hep birlikte. Burada Kurtuluşlu çok yakın bir arkadaşı varmış; onu buldu ve beni yanında işe soktu. Esrar içtiğimi bildiğini, Istanbul'da kalırsam adam olamayacağımı, hapishanelerde sürüneceğimi anlattı. Bütün bunları o Kurtuluşlu arkadaşının yanında anlattı. Adam cüsseli, dev gibi, kuvvetli biriydi. Hata yaparsam babam gibi hoşgörülü olamayacağını, asla Istanbul'a geri yollamayacağını, ya adam olacağımı ya da adam olacağımı söyledi tehdit ederek. Kapana sıkıştığımı ve önümde tek yolun adam olmak olduğunu anladım. Geri dönüşü olmayan doğru yola girmeye karar verdim.

Rahmetli babamın aldığı bu doğru karar hayatımı kurtardı. Çok zorluk çektim burada ama Allahıma bin şükür hepsini aştım. Esrarı buraya geldiğim andan itibaren hiç aramadım. Başarmaktan başka hedefim olmadı. Şimdi, gördüğün gibi, eşim ve çocuklarımla çok mutluyum. Adaya uzun süre gitmedim. Ta ki babam ölene kadar. Rahmetlinin cenazesine gittim. Annemi de yanıma alıp geri döndüm. Bir yıl sonra annemi de kaybettim. Şimdi her sene adaya gittiğimde babamın mezarını ziyaret ediyorum. Tek üzüntüm, benim için çırpınan annem ile babamın bir arada olmamaları. İkisinin yan yana yatmalarını istiyorum ama nerede? Atina'da mı, Büyükada'da mı; karar veremedim.

118- Yüzme havuzu

Ya, işte ben de geldim buraya. Niye mi geldim; benimkisi şımarıklık ve macera. Ailemden kalan malı mülkü sattım ve buraya yerleşmeye karar verdim. Zannettim ki elimdeki para beni burada geçindirir. Hiç de düşündüğüm gibi olmadı. Çalışmadan paranın eriyeceğini ve sürüneceğimi anladım. Çalışıyorum ama inan ki Ahmet sıkılıyorum. Adada rahatım yerindeymiş, burada anladım.

Boş ver bunları da; ne garibime gitti, biliyor musun? Benim adadaki 200 metre kare bahçeli tek katlı evimi satın alan adam, dört kat bina yapmış ve bahçeye de küçük bir yüzme havuzu sığdırmış. Buraya geldikten beş yıl sonra gittiğimde evimi tanıyamadım. Ne olmuş be ada! Ulan o havuzda insan nasıl yüzer be? Dört kat apartman yapmış; her katta beş kişi yaşasa, yirmi kişi o g.. kadar havuza sadece ıslanmaya girer be. Nerede yüzecekler? Zaten baktım da havuz aşağı yukarı otuz metre kare ya var, ya yok. Pes dedim. Ada bu kadar da bozulur mu be? Ulan denizin zevki nerede var be? Biz adada adam gibi yaşıyormuşuz be. Şimdikiler eziyet çekiyor bana göre. Denizin ortasında bahçeli ev varken havuz ne demek, hem de nah şu kadar havuz!

119- İşimi bıraktırdı

Adada sevenim çoktu bilirsin. Yanımda çalışanların tamamı Türk-Müslümandı. İşim de gayet iyiydi. Bunları biliyorsun Ahmet. 1964'ten sonra gelenlerden biri ki sen çok iyi tanıyorsun o aileyi, annemi kaybettikten sonra devamlı; "ne yapacaksın artık bu yaştan sonra burada çalışmayı; şu işi bize devret." diye her gün başımın etini yedi durdu. Çoluk çocuğum yok, yaşım ilerlemiş. Her gün bu sözleri duymak bir bakıma sinirlerimi bozuyordu. Huzurum kaçtı. Ani bir kararla dükkânı devrettim ve buraya geldim. İç huzura eremedim hiçbir zaman. Adadaki evimi satmadım. Yazları oraya gidiyorum ama o ailenin yüzünü görmek istemiyorum. Kendimi de hiç affetmiyorum. Para hırsı onları mutlu etti mi; sormak lazım. Huzurlu olabildiklerini sanmıyorum. Annemin ölümünü bekleyip benden işimi devretmemi isteyenlerin, bugün annemle öbür dünyada yüzleştiklerini hissediyorum.

Benim buraya gelme nedenim budur. Onların yüzünü görmeye tahammül edemezdim. Sakin ve efendi görünüşünün bir maske olduğunu geç fark etmiştim. Anneme saygıları da sahteymiş. Daha annemin ölümünün haftası olmadan ve utanmadan devir istediler. Neler söyledikleri de bende kalsın. Bunları anlatmak bile tansiyonumu çıkarıyor.

120- Gelmeyip de ne yapacaktım?

Ahmetçiğim aşağı yukarı aynı yaştayız. Gelmekle doğru yaptığıma inanıyorum. Keşke buraya gelmem için hiçbir sebep olmasaydı da adada kalsaydım. Ama olmuyor işte! Sebep bir değil ki; çok. Buradakilerin hemen hemen hepsi geldiklerine pişman ama gelmeye mecburdular. Anne ve babalarımız çok acı çekti orada. Tabii onların yanında biz de aynı duyguları tattık. Bizi de acı günler bekliyordu. Geriye dönüp bakıyorum da, azınlık olarak bizim hep acılarımız var. Çektiklerimizi çocuklarımız çekmesin istedik ve akıllı davrandık. Kimin için? Çocuklarımız için.

İnsan doğduğu, vatanım dediği yerde vatandaş olarak ayırım görüyorsa terk etmeyip de ne yapacak vatan bildiği yeri? Şimdi anavatanımın Avrupa Birliği'ne girmek için çabalayan yöneticileri 1940'lı yıllardaki tek parti yönetiminden farklı düşünmüyorlar. Bunu da 2009 yılında okuyoruz ve işitiyoruz maalesef. O zaman tek dil, tek kültür, tek vatan diyen tek parti yönetimi vardı, şimdi de sanki aynı düşüncenin temsilcileri seçimle iktidara gelen bir başka parti var. Ne değişti? O zaman hedef biz azınlıklardık. Şimdi biz kalmadık, bizi bitirdiler; sahnede ayrılıkçı Kürtler var.

Benim babam kırk yaşında ikinci defa askere alınırken şaşkındı; “neden biz?” diyebildi. Elinde avucundakiler varlık vergisi ile alınırken hayretler içinde; “neden yalnız bizden?” dedi. 6/7 Eylül'de evimiz dükkânımız kırılıp yağmalanırken ağlayarak; “neden bizimkiler?" diyebildi. Teyzemler 1964'te anayurt belledikleri doğdukları topraktan kovulurken hıçkırarak; "biz ne yaptık?" diyebildiler. Bu durumda soğukkanlılıkla oturup düşündüm. Ve ben de kendime sordum; "sıra bize mi geliyor, bizi ne zaman süpürecekler?" diye. Sen gel kendini benim yerime koy. Ne düşünürsün ailen varken? Onların geleceği benim sorumluluğumda değil mi? Annem, babam ve ben bu acı olayları bire bir yaşayınca, çocuklarım için bir karar vermem lazımdı.

Beni anavatanımdan kaçıran düşünce utansın, ben değil. Bizi sizden değil, bizi bizden ayırdılar Ahmet. Biz hep birlikte geniş bir aileydik adada. Şimdi bakıyorum da, şu politikacı dediğimiz adamlar yalan konuşuyor. "Biz bir mozaiğiz" diyor. Hadi vre ordan! Mozaik mi kaldı be? Kimse beni ayıplamasın Ahmetaki. Vücudum burada ama aklım ve kalbim adada kaldı.

121- Kötü tohum ektiler

Biz buraya gelmedik Ahmet. Biz buraya gelmek için bir tünelin ağzına sürüldük. Devlet bizi istemedi. Bizi ayırdı anayurdumuzdan. Gidecek başka yerimiz yoktu. Toplumu öyle kötü yönlendirdi ki devleti yönetenler, biz iç düşman olarak hedef gösterildik. Biz Müslüman değildik ya, Atatürk'ün tarif ettiği Türk de olamazdık onlara göre. Hıristiyan'dık ya, onlara göre gâvurduk, casustuk. Biz hastalıklı gibi toplumdan ayrı tutulduk. Bize yaklaşmak sanki mikroba bulaşmaktı. Bu düşüncelerle büyüyenleri de şimdi buradan görüyorum işte; papazları, gazetecileri, kitabevi sahiplerini öldürüyorlar Türkiye'de. Ölenlere iki damla gözyaşı, büyük bir tören; sonra ne oluyor? Katiller nerede? Katillere arka çıkanlara bakıyorum; devleti temsil edenler, resmi görevliler ve ne yazık ki ana babaları din değiştirmiş fanatikler. Kötü tohumlar ekildi, şimdi bunun meyvelerini görüyorsunuz. Benim anavatanım böyle olmamalıydı. Yazık, çok yazık!

Biz hep azınlık olarak ezildik Ahmet. Dünyanın neresine gidersen git, azınlıklar her zaman ezilmiştir. Onları ezilmişlikten kurtaracak tek yol, kültür ve eğitim olmalıdır. Bu kötü gidişi besleyen bir de moda olan 'izm'ler vardır. 1940'lı yıllarda dünyada esen faşizm Almanya'da Hitler vasıtasıyla Yahudileri, Amerika'da Mc Carty sayesinde Rosenberg'leri, Klu-Kluks Klan ile Zencileri nasıl hedef aldıysa, benim Türkiye'mde de bizi hedef almıştır. Bunu artık kimse inkâr edemez. Senin bu konular üzerine gitmeni izliyorum. Bu konular otuz yıl önce Türkiye'de konuşulamazdı bile. Şimdi bırak konuşmayı, yazılıyor ve tartışılıyor. Şimdi bizi daha iyi anlıyorlar. Biz casus falan değil, doğduğu topraklara âşık ama yabancı diyarlara sürgün edilmiş adalılarız Ahmet. Bunu herkes böyle bilmeli. Biz sürgündeki azınlıklarız.

122- Yabancılaştık mı ne?

İnsan doğup büyüdüğü yerde yabancılık çeker mi Ahmet? Eş, dost, konu, komşu hep beraber kardeş gibi, mahalleli gibi yaşarken birden her şey değişti. Gidenlerle yıkıldık; sanki bir afet oldu. Evde yemek yaparken eksikliğini duyduğum bir kaşık salça, bir bardak zeytinyağını ödünç aldığım komşum yoktu artık. Baban, annen öldü; kalmadı öyle insanlar. Sizler de gittiniz. Komşularım değişmişti. Benden iki pişirimlik kahve isteyen yoktu. Çamaşırımı kurutmak için astığım arsanın sahibi değişmişti. Arsa tel örgüyle çevrilmişti. Orayı kullanamıyordum artık. Çamaşırımı evin içinde odalarımın duvarına çaktığım mıhlar arasına gerdiğim ipte kurutuyordum. Gidenlerle, bazı değerler de gitti anlayacağın. Gelenlerle uyumsuzluk başladı. İyi gözle bakmıyorlardı bize. Onlar için ben gâvurdum. Aynı sokakta ya da mahallede yabancılaşmıştık. Selam vermeye korkuyordum. Çünkü kadının bakışları hiç de dostça değildi. Ben nerede kaldım diye kendime sordum? Sizin "madam" diyen sesinizi duymaz olmuştum. Artık "madama" diyorlardı bana. Ve arada bir sormadan edemiyorlardı:

-Ne zaman evini satıp gideceksin madama? Köyden amcamgiller evini almak istiyor.

Bu taciz değil midir vre Ahmetaki? Gel de dayan bu düşüncedekilere! Korktum. Gitmeye karar verdim. Ben yabancı biriydim bu insanlar için. Sen aynı yabancılaşmayı hissetmedin mi vre? Neden şehre gittin sen de; neden çocuğunu adada okutmadın? Sen dayanamadın; ben nasıl dayanayım vre Ahmetaki?

Dayanabilseydim belki iyi olacaktı ama bugün ile dün çok farklı. Dün bana yabancı muamelesi yapanlar, bugün hörmet ediyor. Seni çok arıyoruz madama, diyorlar. Neyimi arıyorlar, sormadım. Evimi satmasaydım, satmadan gidebilseydim keşke. İnsan yaşlanınca seviliyor galiba. Artık adaya gidemiyorum. Ehtiyarladım more. Yürüyemiyorum. Burada ölümü beklemek çok kötü ama yapacak başka şeyim yok ki. Şu getirdiğin kurumuş mimozalar bana adayı hatırlatıyor. Ne de güzel kokuyor? İşte, ada evime geldi. Teşekkür ederim yavrum.

123- İlahî adalet

Adadayken bir anlaşmazlığımız olmuştu komşumuzla. Onlar adaya geleli daha bir sene olmamıştı. Bahçelerimiz yan yanaydı ve toprak tecavüzleri oldu. Birkaç kez ikaz ettik, anlamadı. Karakola gidip şikâyetçi olduk. Polis ne dedi biliyor musun? Bu şikâyetinden vazgeç, sonra ilahî adalet seni cezalandırır! Ne demek bu be? Burası medenî bir ülke değil mi? Bu cevap benim buraya gelmeme sebep oldu. Lanet olsun dedim. Bundan sonra kim bilir başıma daha neler gelecek. Kalkıp geldim. Ada bozulmaya başlamıştı ve bizim orada tutunacak dalımız olan devleti temsil edenler böyle konuşuyordu. Korktum; çocuklarım, karım da korktular ve geldik.

Şimdi soğukkanlılıkla bakıyorum da, korkmamalıydım, savcıya gitmeliydim ve hakkımı aramalıydım diye düşünüyorum. Hele gelmeyip orada kalan Rumları dinledikçe, cahilliğe pirim verdiğim için kendime kızıyorum.

124- İnsan ve ülke sevgisi

Bizim üzerimize yapışan suçluluk kompleksinin altında, işgal sırasında bazı kendini bilmezlerin işgüzarlıkları yatıyor. Bunun adı güvensizlik. Devletimiz bize hiçbir dönemde güvenmedi. Haklıydılar belki de. Yunanistan'ın bağımsızlığı sırasında ve Istanbul'un işgali sırasında Patrikhane ile bir kısım zengin tüccarların ayrılıkçı politika uygulamaları ve Osmanlı'nın çöküşünde görev almaları neticesinde, biz Rumlara güvenilmeyeceği fikri oluştu. Bu düşünce, Türkiye Cumhuriyeti zamanında da devam etti. Bizim insan ve ülke sevgimizin olamayacağı fikri egemen oldu ve giderek çoğaldı. Böyle düşünen insanlar bizi suçluyordu. Onlara göre, Kıbrıs'taki Rum ile Istanbul'daki Rum aynıydı ve Rumlardan kurtulmak gerekiyordu. Olan oldu; biz kurban seçildik, rahatsız edildik ve ülkemizden gitmeye mecbur edildik bir yerde. Ha, gitmeseydim ne olurdu? Onu o günler içinde sorgulayamazdım. Çocuklarım vardı; korkuyordum. Kalkıp buraya geldim. Geldim ama kusuru hep eski kuşağımızın ayrılıkçılarında aradım. Kalanları görünce, yanlış yaptığımı ancak bugün anlayabiliyorum. İş işten geçti artık Ahmet. Ben ve benim gibiler ayrılıkçı olabilir miyiz? Atalarımızın kurbanıyız.

125- Vatanım orası, burada yaşıyorum

Vatandan ayrılığın acısı çok büyük Ahmetçiğim. Sen buraya geldiğinde on gün kalamıyorsun. Hemen adaya dönmek istiyorsun. Peki biz ne yapalım? Ben para kazanmak için buraya geldim. Bir gün döneceğimi düşünerek geldim. Çoluk çocuk olunca iş yattı. Burada yaşamaya alıştım. Aklım adada, ben buradayım. Çok acı çekiyorum, konuşamam.

126- Düşünüyorum

Askerliğimi bitirdikten sonra orada yani memleketim Türkiye'de doğru dürüst bir iş yapamayacağımı biliyordum. Serseri olabilirdim. Bundan korktum. Başkasının yanında çalışarak bir yere varamazdım. Buraya Atina'ya iş kurmak, mesuliyet almak için evlenerek geldim. Geri dönüşü olmayan bir yol çizdim. Geldiğime pişman değilim. İşimi de kurdum, evimi de aldım. Şimdi emekli oldum. Ama ada burnumda tütüyor. Senede birkaç kez geliyorum. Onsuz yapamam biliyorsun. Adaya yerleşmeyi değil de yılın yarısını orada geçirmeyi düşünüyorum. Çocuklar evlendi gitti. Biz karı koca adada yapabilir miyiz diye düşünüyorum. İki şey elimi ayağımı bağlıyor. Birincisi, sağlık hizmetleri. Burada güvencem var ama adada şüpheliyim. İkincisi de karımın pareası (arkadaş çevresi). Benim için hava hoş; balık, içki sofrası, arkadaşlar tamam ama karım sıkılır. Bunu tartışıp duruyoruz. Onun için de ben senede en az dört kere adaya gidiyorum. Biraz egoistlik oluyor ama ne yapayım? Adasız olmuyor işte.

127- Babamın kemiklerini

Benim buraya gelişim çocukluğuma denk geliyor Ahmet. Istanbul'da fabrikamız vardı, biliyorsun. Ama ne fabrikası olduğunu lütfen yazma. Yazma ki kitabını buradakiler okuduğunda bana küfretmesinler. Sen biliyorsun. Oradayken rahatımız yerindeydi. Çocukluğumu doya doya yaşadım; arkadaşlık denen şeyin ne olduğunu orada öğrendim. Burada unutturdular bana. İnsanlığı orada öğrendim, burada unuttum. Kim bunlara sebep oldu dersen, arkadaşlarının lafına uyup buraya gelen babamdır. Şimdi şunu söylerken, sakın yanlış anlama, kalbimin ve aklımın sesini duyuyorsun. Babama rahmet okumuyorum, küfür ediyorum. Ben bunlara layık değildim. Ne çok ızdırap çektim, anlatamam. Ama son sözüm, öbür dünyada babamla karşılaşırsam onun kemiklerini .... O kadar kin duyuyorum babama. Ulan ne işimiz var bizim burada be. Istanbul'da kalan Rumları kıskanmıyorsam namerdim!

128- Azınlık paranoyası bitmeli

Ahmet bizim hiç suçumuz yok. Osmanlı'nın son üvey çocukları olan azınlıkların 1. Dünya Savaşındaki ihanetleri, sonunda bizim başımıza patladı. Türkiye Cumhuriyeti azınlıklara hiç bir zaman güvenmedi. Onları azınlık değil, ötekiler olarak gördü ve istemedi. Kanunlar karşısında eşittik ama uygulamada ötekiydik. Bunu hissetmen için bizim gibi olmalısın. Bu paranoya kaçırdı bizi. Aynı paranoya burada hem Türklere, hem de biz Türkiye'den gelenlere karşı var. Biz arada ezildik ama çocuklarımız Yunanlı oldu ve problem bitti. Şimdi burada Arnavutlar, sizin orada da Kürtler başka bir problem. Bakalım ne olacak. Demokrat olmak için önce kafalardaki kelepçeler sökülmeli. Bunu burada anladım, öğrendim ve yaşadım. Ada benim vatanım ama anılarımda ve uzaklarda kaldı.

129- Oof, of!

1979'da geldim buraya. Askerliğimi Sivas'ta yaptım. Koyu Galatasaraylıyım. Nah bak işte, formalar! Her yıl gidip yeni formalarını alıp futbolculara imzalatırım. Mithatpaşa ve Ali Sami Yen statlarını unutamam. Serbest giriş kartım vardı, bütün Galatasaray maçlarına giderdim. Nasıl mı elde ettim? Kart sahibi Dr. Tarık Minkari idi. Onun kartıyla basın tribününde maç seyrederdim. Istanbul'da şekerleme malzemesi satıyordum; burada sigortacı oldum. Istanbul'umu çok arıyorum, çook. Burada arkadaşlık yok, dostluk yok. Ooof, of!

Bostay meyve suyu ile votka içerdik. Vapurda lotarya çekerdik. Balık çıkınca kamarota verirdik, ıstakoz çıkınca eve götürürdük. 6/7 Eylül'de evimizi alt kattaki bakkal korudu. O zaman gitmedik. Ne günlerdi be!

Neden mi geldim? Anlatayım. Hanımımın boynunda her zaman istavroz kolyesi vardır. Vapura bindiğinde Yahudi işkencesi çekiyordu. Bu nedir boynundaki diye taciz ediyorlardı. Vapur değiştir dedim, gene olmadı. Zihniyet aynı. Kalkıp geldik. Gelmeye mecbur hissettim kendimi. Ama şimdi, şimdi keşke gelmeseydim diyorum. Diyorum ama iş işten geçti. Yaş yetmişe geldi. Vasiyetimdir, çocuklara söyledim. Mezarım adada olacak.

130- Ülkemde duymak isterdim

Bak Ahmet, sen de ben de Türk'üz değil mi? Atatürk böyle demedi mi? Ama ben askere giderken, vergi öderken, seçmen olurken Türküm. Sen benden farklı Türksün; ben, azınlık Türküm. Subay olamam, Türkiye'de devlet memuru olamam. Ha yurt dışında konsoloslukta memur olabiliyorum. Yani senin anlayacağın, ötekiyim ben. Daha açıkçası Türkiye'de bana Türk demezler dinimden dolayı. Benim kimliğim gâvurdur. Ne zaman Yunanistan'a geldim, işte o zaman Yunanlılar bana sen Türksün dediler. Bu ne biçim bir tanımlama be? Ülkemde duymak istediğimi burada duydum. Evet, ben Türküm. Anlamayanlara duyururum.

131- Adayı dolaşıyoruz

Ah vre Ahmetaki nasıl özlüyorum adayı bilemezsin. Arkadaşlarla arada bir toplandığımızda, işten, ekonomiden konuşuyoruz ama en çok ada anılarımızı anlatıyoruz, anılarımızda adayı dolaşıyoruz. Ava gitmemizi, balığa çıkmamızı, Ay' Yorgi'deki panayırı anlata anlata bitiremiyoruz. Ya çocukken bisikletten düşüp, ağaca fırladığımızı unutur muyum hiç? Hirisafi'nin evinin önündeki ağaca asılı kalmıştım bisikletin ön frenini sıkınca. Bir temiz sopa da babamdan yemiştim. Az mı damlarda saklanarak elate- erhumete(*) oynadık be? Her sene yazlıkçılar geldiğinde evlerinin damını aktarırdı, kırık kiremitleri görünce. Biz de gökten taş yağdı derdik. Yutarlar mıydı bilmem ama eğlencemiz bize ucuz, onlara pahalı gelirdi. Bu anılarla bugünlere geldik vre Ahmet. Sana bir şey söyleyeyim mi, bugünkü aklım o gün olsaydı gelmezdim buraya. Başka şey sorma bana.

(*) Adada güneş battıktan sonra Rum çocuklarıyla oynadığımız saklambaç oyunu. Yerimiz belli ama gizlendiğimiz yer zor bulunan bir oyun.

132- Buranın havasına uyduk be

Burada kendimiz olmayı unuttuk. Burada kadınlar güçlü. Onların dediği oluyor. Adada öyle miydi? Biz erkeklerin dediği oluyordu. Kılıbık olduk vre Ahmetaki. Evin reisi kadın, Yunanistan'da. Kadın nüfusu çok, belki de ondan.

133- Paparoz

Annem ve babam esrar kullanırdı. Biz kullanmadık iki erkek kardeş. Ama bizim Rumlar bilirdi annemin de babamla birlikte esrar içtiğini. Onlar ölünce zannettik ki bizi de esrarkeş zannedecekler. Kalkıp geldik buraya. Temiz bir sahife açalım kendimize dedik. Gelme sebebim budur. Karım Yunanlı ve çok karışıyor bana. Bunaldım ama ne yapabilirim bu yaştan sonra? Katlanıyorum işte. Hayatımda ne sigara içtim, ne de paparoz kullandım. Ama anne ve babamın bu keyfi adada beni rahatsız ediyordu.

134- Prostat

Buraya ileri yaşımda geldim Ahmet. Rahat etmek için geldim. Param pulum vardı, biliyorsun. Rahat da ettim çok şükür. Ada ile bağımı koparmadığım için senede birkaç kez gidip geliyorum, biliyorsun. Ben geldiğime pişman değilim. Çünkü bir ayağım burada, bir ayağım adada.

Sen boş ver bunları; bak ne anlatacağım sana: Tanırsın bizim A....'yı. Burada hastalandı. Doktora ben götürdüm; kimsesi yok biliyorsun. Zor işiyormuş. Doktor prostat var sende dedi. Bir de parmakla muayene edecek. Bizimki çok çekindi. En iyi teşhis metodu budur, korkma dedi. Neyse parmakla kontrol etti ve prostatın büyümüş, ameliyat olacaksın dedi. Doktordan çıktık eve gidiyoruz, ne dedi biliyor musun?

-Doktorun parmağı çok iriydi vre ibne mi oldum ben?

Gülmekten katıldım. Neyse ameliyat oldu da rahatladı.

135- Sevgiliden ayrılmak

Ada benim sevgilimdi. Ondan ayrılmak aklımın ucundan geçmezdi. Ama bir gün, bir kaba insan, adayı bana bırak ve git dedi. Gidiş o gidiş. Sevgim eksilmedi ama sevgilim uzakta; bizi ayırdılar. Sen bilirsin o kaba adamı. Güya o benden çok seviyormuş sevgilimi. Benimle paylaşamazmış. Ya ben, ya o olmalıymışız adada. Geçen sene geldiğimde gördüğüm sevgilim, benim sevgilim değildi artık. Yıpranmış, değişmiş, hor kullanılmıştı. Üzüldüm ve yıkıldım. Anılarımdaki adayı bozulmuş görmek beni çok üzdü. Neden bırakıp gittim diye kendime kızdım. Gitmemeliydim, bırakmamalıydım. Elden ne gelir artık? Sevgilime iyi bakmayanlar utansın! Buradaki derneğimize, Büyükadalılar derneğine gelip gitmemin tek nedeni, adalı arkadaşlarla adayı konuşup anmaktır. Hayatımız ada, kardeşim.

136- Ölüm

Bana en çok koyan ne biliyor musun Ahmet? Kemiklerimizin vatanımızdan ayrı yerde gömülmesi. Biz bunu hak etmedik. Neden ben de annem ve babamın yanına gömülmeyeyim? Bu çok koyuyor bana. Kim burada beni anacak ölümümden sonra? Ya ada mezarlığı? Orası ailemizin son durağı idi. Şimdi bu hüzün beni bitiriyor. Benim arkamdan yenecek makarianın (yemeğin), dağıtılacak kolivanın (kuru aşurenin) burada anlamı yok. Sevdiklerim hep adada kaldı. Onların makariada bir duble rakı içmelerini, kolivamı yemesini isterdim. Benim arkamdan beni konuşmalarını isterdim. Adada olsaydık sanki duymuş gibi olurdum. Ne anılarımız anlatılırdı vre Ahmet? Toplananlar heyecanla dinlerdi. Burada anlatılacak anımız bile yok. Sen geldiğin zamanlarda nasıl da konuşuyoruz eskileri? Görüyorsun işte, herkes kimi zaman "deme, yapma yahu" nidalarıyla nasıl da dikkatle dinliyorlar. Öldüğümde bunlar konuşulmayacak burada. Belki de cemaat çok az olacak. Adada olsaydım ve orada ölseydim ne kadar da çok katılan olurdu, değil mi? Sizler katılırdınız en çok. Vatan aşkım şimdiden çok acı koyuyor vre.

137- Şimdi uzaklardasın

Bir araya geldiğimizde en çok dinlediğimiz şarkı, Zeki Müren'den "şimdi uzaklardasın" oluyor. Evet, hep adayı anıyoruz bu parçayı dinlerken. Bir de yemeğin sonunda ben kapanış şarkısını okurken ağlıyoruz. Ne mi o şarkının adı? "Her yer karanlık". İşte bizim buradaki hayatımızı anlatan iki şarkı bu. Başka şey sorma bana. Sen anladın ne demek istediğimi. Ben güzel konuşmasını bilmem.

138- Komandatura

Kocam ölünce ben de kalkıp buraya geldim. Aslen Kurtuluşluyum. Elimde avucumda kalanla buraya geldim. Önce çalıştım bir iş yerinde; çok ezildim. Bir gün pantolon almıştım bir mağazadan. Paçalarını bastırtmak istedim. Biz yapmayız dediler. Eh nerede yaptıracağım diye düşündüm. Bir de baktım ki bu işi ben yaparsam geçimimi sağlarım. Hemen işe koyuldum ve küçük bir yer açıp yırtık, sökük dikmeye başladım. İşte o günden beri, yılın on ayı bu işi yapıyorum. Senin anlayacağın komandatura işi tuttu burada. Her yıl iki ay da Istanbul'uma gidiyorum, tatile. Pişmanlığım yok, çünkü Istanbul ile ilişkimi koparmadım. Doğduğum vatanımı da, doyduğum yeri de çok seviyorum. Ben özelim.

139- Mutluluk mu?

Sen ne diyorsun vre Ahmet? Mutluluk kim, biz kimiz? Her geldiğinde konuşuyorsun bizimkilerle. Yollanan Yunan tebaalılar acılı, korkup gelen Rumlar acılı; benim gibi kendiliğinden gelenler de acılı. Kim mutlu ki? Bunlara sebep olanların Allah belasını versin! Biz koca bir aileydik adadayken. Yanlışlar yapıldı; çok yanlışlar yapıldı. Ben de yanlış yaptım; gelmemeliydim. Kendim ettim, kendim buldum. Kalanları kıskanıyorum. Oldu bir kere. Artık geri dönüş yok. Burada çürüyüp gideceğiz işte.

140- Ulan nasıl özlüyorum adayı bir bilsen

Çocukluğum, okul hayatım, mahallem, askerliğim anılarla dolu. Burada yaşamıyorum ki anım olsun. Hep kös kös düşünüyorum, neden geldim diye? Buranın insanı tembel mi tembel! Tembel adamın yaşamında renk olur mu? Renksiz herifler bunlar. Sana bir tane anımı anlatayım Ahmet. Değirmen'i bir ara Gaskonyalı Toma çalıştırıyordu, biliyorsun. Hem şarkı söylerdi hem de lokantasını işletirdi. Bir yaz günü sandalla Değirmen'e geldik, sahiline yanaştık, arkadaşları alıp gideceğiz. Toma geldi yanımıza, iskelenin üzerinde durarak bize buraya yanaşamayacağımızı, gitmemiz gerektiğini söyledi. Arkadaşımızı alıp gideceğiz dedik, başladı bağırmaya. Sandaldan çıkıp bir kafa attım Toma'ya, denize düştü. Ne yaptı biliyor musun? Denizde şarkı söylemeye başladı: "deniz ne kadar güzel, hoş" Biz böyle bir yeri bırakıp geldik Ahmet. Burada ne hoşgörü var, ne de gırgır. Burada sıkı mı birine vurasın?

Bir gün de vapurda lüks mevkide oturuyoruz arkadaşlarla. Askerlik anılarımızı anlatıyoruz. Ben dedim ki, "askerde hiç dayak yemedim." Arkamızdaki koltukta bir yarbay oturuyordu. Deniz yarbayı, kalktı bana dedi ki; "sen mi askerde dayak yemedin?" Saf saf yüzüne bakıyorum yarbayın, biraz da korkudan; daha yeni terhis olmuşum, saçlarım kısa. Bastı tokadı yarbay. Gıkım çıkmadı. Ne anılar be! Attığım kafayı da, yediğim tokadı da unutamam. Onları bile özlüyorum Ahmetaki.

Öğretmen, sınıfımızda en iri yarı olan birine yaramazlık yapıyor diye tokat atmıştı. O da gidip annesine söylemiş. Ertesi gün çocuk annesiyle okula geldi. Anne öğretmene başladı hesap sormaya. Laf arasında "bu daha çocuk" deyince öğretmen çocuk azmanını gösterip "bu mu çocuk madam; bu ineği hamile bırakır" deyince nasıl da gülmüştük. Kadın da çekip gitmişti sınıftan. Sonra az dalga geçmedik o çocukla. İneği hamile bırakır mı bilmem ama inek gibi çalışıp büyük adam oldu o insan azmanı çocuk. Ya işte böyle Ahmetçiğim. Ada özlenmez mi?

141- Huzur evim

Ben diğer adalılardan farklıyım Ahmet. Adadaki evimi satmadan geldim buraya. Emekliliğimi yeni kazandım. Artık hem burada, hem orada yaşıyorum. Ada'daki evim, benim ve hanımın yaşlılığımızın huzur evi. Orada ölürüm inşallah. Mezarımı da hazırladım. Vatanım orası benim. Fazla konuşmak istemiyorum. Bu kısa mesaj yeter sanırım.

Son ütü

Bu kitabın yazılmasına neden olan şu karşılaşmayı önsöz yerine sona sarkıttım. 2007 yılının Kasım ayında, Atina'nın Palio Faliro semtini mekân tutmuş olan Büyükadalı Rum arkadaşlarımdan biriyle Ay'Aleksandru caddesindeki Saraylı muhallebicinde söyleşim devam ederken masamıza sürpriz bir Büyükada sakini geldi. Daha bir hafta önce Büyükada çarşısında karşılaşıp sohbet ettiğim Rum bayan komşum ve çocukluk arkadaşımla Atina'da karşılaşmak sevindiriciydi. Üçümüz, Saraylı'nın sahibi, Baylan'ın eski çalışanlarından Mösyö Hristo'nun Istanbul'dan getirdiği, ortağı Bakırköylü Madam Anuş'un servis ettiği ince belli çerkez kızı bardaklardan demli çayımızı yudumlarken konumuz tabii ki Büyükada'ydı. Eskinin güzelliklerini anlatarak devam eden konuşmamız, bugünlerin dünyayı saran ekonomik zorluklarına geldiğinde uzun senelerdir Atina'da yaşayan Büyükadalı arkadaşımın ağzından şu itiraf çıktı:

- Keşke gelmeseydim buraya, pişmanım!

Halen Büyükada'da oturan Rum bayan arkadaşımın cevabı ani, sinirli, sert ve yüksek sesli oldu:

- Gelmeseydiniz... Gelmeseydiniz... Biz geldik mi? Gelip de ne yaptınız? Hem memnun değilsiniz, hem de bizi yalnız bıraktınız. Pişmanmış... İyi b.. yediniz!

Kendi rızasıyla Atina'ya göç eden bir Büyükadalı Rum ile yine kendi rızasıyla ata toprağı Büyükada'da yaşamaya devam eden diğer bir Rum arkadaşım arasında geçen bu konuşma, gizli bir gerçeğin çığlığı, ya da açığa çıkması değil miydi? Bu konuşmanın yönlendirmesiyle başlayan görüşmelerim bir buçuk seneye yayıldı. Atina'ya dört kez giderek yüzü aşkın Büyükadalı arkadaşımla görüştüm ve bu görüşmeleri size aktarmaya çalıştım.

Modelim Büyükada, kumaşım Büyükada sevgisiydi. Atina'da yaşayan Büyükadalıları rencide etmeden, samimi duygu, düşünce ve ifadelerini bir terzi titizliğiyle biçmeye ve şekillendirmeye çalıştım. Eğer ufak tefek dikiş hataları, iğne batmaları olduysa, patron ve yüksük kullanmamamdandır! Son ütü yerine geçen bu satırlarla diktiğim elbiseyi takdirinize sundum. Yorumu size bırakıyorum. Yazılmasına neden olanların beni duygulandıran ve sanki özür yerine geçen iki kelimelik son sözleri ise hep aynıydı:

"Pişmanım Büyükada..."

16.Haziran.2009
Atina

ALBÜMLERDE KALAN BÜYÜKADA 2

Atatürk, 1934 Balkan Festivali'nde Beylerbeyi Sarayı'nda halay başında

Ankara Konservatuvarı Müdürü Fuat Türkay, Özdemir Erdoğan, Orhan Şevki ve İlias Ksantopulos

ALBÜMLERDE KALAN BÜYÜKADA 2

Yunan sinema yıldızı Aliki Vuyuklaki Büyükada'da film çekiminde...

ALBÜMLERDE KALAN BÜYÜKADA 2

Yassu vre Ligorimu "Stinyosos"

Yorgo Patera, Emilyo, Niko Katakuzino, Fedon Meneakis
Acarspor'un as oyuncuları ve antrenörü...

ALBÜMLERDE KALAN BÜYÜKADA 2

Büyükada Acarspor.
Mihal, Çakiri, Gambeta, Haralambos, Selahattin, Doğan -Mehmet, Hüseyin, Niko, Yorgo, Koço - 25/7/1964

Büyükada emektarları Kartal sahasında...

ALBÜMLERDE KALAN BÜYÜKADA 2

Kalamış Dimitri, Olga, Fuliça. Kimbilir şimdi neredeler? Sene 1948

6-7 Eylül olayları sonrası perdeci Dimitri Noti'nin Beyoğlu'ndaki dükkanı.

ALBÜMLERDE KALAN BÜYÜKADA 2

Tekel birası ile eski günlerde Büyükada'da.

Ay' Yorgi'de bir eğlence öncesi Büyükadalı gençler

ALBÜMLERDE KALAN BÜYÜKADA 2

Koço Kalfa, Laz Vasil Sarıkamış'ta 21. kura askerliğinde bir şehit mezarı başında

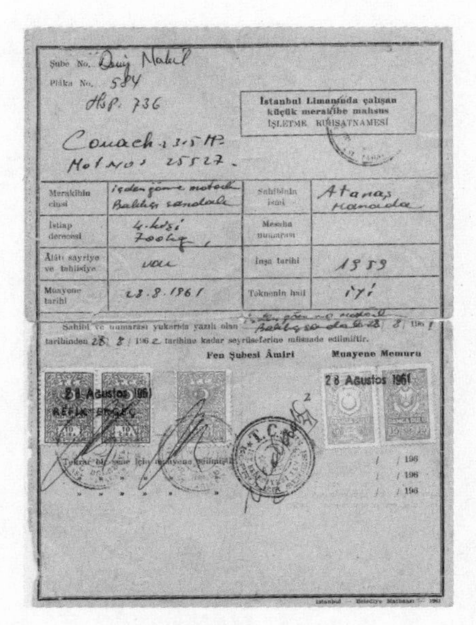

Şube No.
Plâka No. 584

İstanbul Limanında çalışan
küçük merakibe mahsus
İŞLETME RUHSATNAMESİ

Merakibin cinsi		Sahibinin ismi	Atanaş Manada
İstiap derecesi	4 kişi	Mesaha numarası	
Âlâtı sayriye ve tahlisiye		İnşa tarihi	1959
Muayene tarihi	28.8.1961	Teknenin hali	iyi

Sahibi ve numarası yukarıda yazılı olan ... 28 / 8 / 1961 tarihinden 28 / 8 / 1962 tarihine kadar seyrüseferine müsaade edilmiştir.

Fen Şubesi Âmiri

Muayene Memuru

28 Agustos 1961

28 Agustos 1961

Tekrar bir sene için muayene edilmiştir.

/ / 196
/ / 196
/ / 196

İstanbul — Belediye Matbaası — 1961

Tanoş Manara'nın balıkçı belgesi

Atina'da işyerinde tavla keyfi... Lefter, Berç, Kokof...

Her geçen gün yeniliklerle hizmet veren Atina'daki Saraylı Muhallebicisi

ALBÜMLERDE KALAN BÜYÜKADA 2

Todori, Andrea, Ahmet, Panayot, Stati, Eftelia, İrini Atina'daki dernekte.

Adalar - Atina hattı; Kriton Markoğlu ile

ALBÜMLERDE KALAN BÜYÜKADA 2

Atina'da Adalıların özlem dolu sofrası

Güzel anıların gölgesinde. Bu da Heybeliadalı yayamız.

ALBÜMLERDE KALAN BÜYÜKADA 2

İstanbul sofrası Atina'da. Dimitri ve Krist ile...

Fofi, Diyamandi, Stati, hanımı, Çiropulos dernek lokalinde kocayemiş dallarıyla. Kocayemiş Büyükada'dan

Dostlarla Atina'da uzo keyfi. Lefter ve Mihal ile.

Marika Karoni ile Atina'daki evinde...

ALBÜMLERDE KALAN BÜYÜKADA 2

Atina'daki bakkalımız Kosto

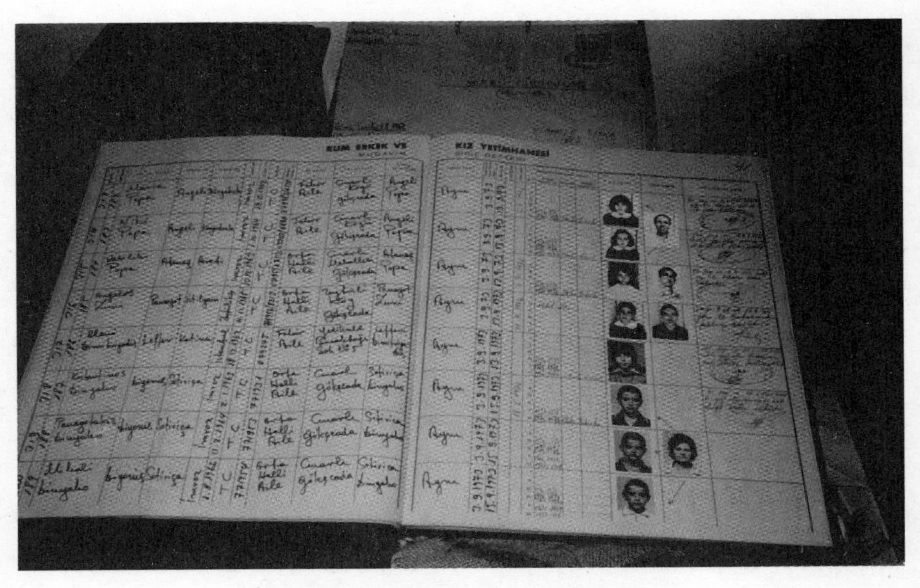

Rum Yetim Okulu öğrencilerinin sicil defteri

ALBÜMLERDE KALAN BÜYÜKADA 2

"Büyükada". Bitmeyen aşk.

Büyükada'nın son kuşları!

ALBÜMLERDE KALAN BÜYÜKADA 2

"Büyükada" aşkımız

Okul sıralarından bugünlere. Hristos Zikopulos ile...

ALBÜMLERDE KALAN BÜYÜKADA 2

Yorumsuz Büyükada!

Yerasimos Kulga ile Prinkipo'da.

ALBÜMLERDE KALAN BÜYÜKADA 2

38 yıllık aradan sonra tekrar Büyükada'da.

38 yıllık hasretin sonu. Stefo Seyisoğlu, Engin Suyabatmaz gazeteci Şafak Toprak'a özlemi anlatıyorlar.

ALBÜMLERDE KALAN BÜYÜKADA 2

38 yıllık hasret. Koço kalfa, çırağı Petro ile Büyükada iskelesinde buluştu..

Golyo Çalmof'a son görev...
Büyükada Panayia kilisesinde Türk bayrağına sarılı tabutun başındayız.

ALBÜMLERDE KALAN BÜYÜKADA 2

Tanaş Manara baba dostu Zeynep ile...

Her zaman her yerde, Büyükada.. Mihalis ve Aleko ile dernekte...

ALBÜMLERDE KALAN BÜYÜKADA 2

Lezzet'in peşinde. Ahmet, Sula ve Bercuhi...

Roli, Panayot, Andrea, Ahmet ve Petro. Atinada'daki Büyükadalılarla hasret gideriyoruz.

ALBÜMLERDE KALAN BÜYÜKADA 2

Troçki'nin balıkçısı Haralambos'un oğulları Davula kardeşler, Koço ve Andon

Yordan ve Niko Mundi. Pastacılığın duayenleri.

ALBÜMLERDE KALAN BÜYÜKADA 2

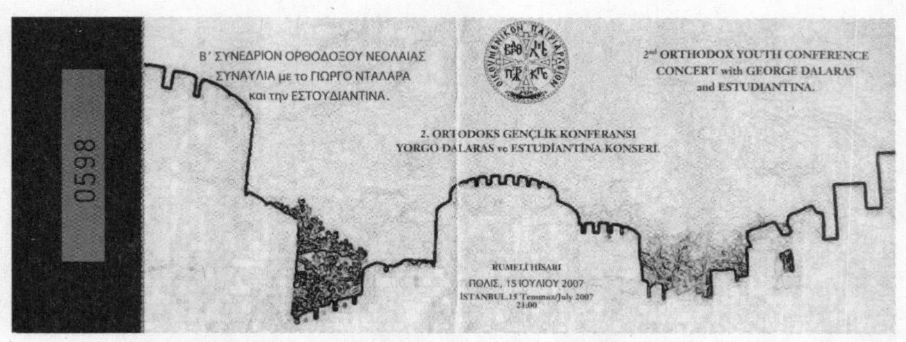

Yorgo Dalaras'ın valilikçe iptal edilen İstanbul konser davetiyesi